丛书主编：余党绪

整本书思辨阅读

艾青诗精选

艾青 著　　张豪 导读

上海教育出版社
SHANGHAI EDUCATIONAL
PUBLISHING HOUSE

总序

经典名著像河流
　　引你去看大海的风景

余党绪

　　读书的价值不言而喻，经典名著的阅读价值更是毋庸置疑。但是，这个价值能否实现，取决于我们是否读与怎样读。

　　经典名著是那些经历了时光淘洗的作品。它们在进入我们的视野之前，已经由无数人做了先期的挑选。对于全人类而言，对于一个民族而言，对于一个群体而言，这些书的价值往往都是无可替代的。你读，或者不读，它都在那里。有一段时间，我们不读《论语》，也不读《理想国》，那又怎样？受损的不是经典，而是我们自己。

　　让读书真正作用于学生的文化发育与精神成长，可能就是在中小学推动整本书阅读的主要意义吧？整本书阅读是一个特定的教学概念，它的意义在于纠偏与校正，以求改变长久以来重课文而轻经典、重片段而轻原著的不合理状态。坊间有很多围绕整本书阅读的争议，其中一些已经偏离了这个初衷。有的论者片面地强调读书的兴趣与自由，并以此否定教师在整本书阅读中的引导作用。显然，这已经不是在教学意义上讨论问题了。在教学中，教师当然要尊重学生的阅读兴趣，尊重学生思考的权利，但这个兴趣与权利归根到底受制于教育目的与教学规律。不能离开中小学生成长的阶段性特点以及学习生活的真实状况，空谈经典名著的价值。随性而空灵的阅读境界，也未必一定适合以求知与学习为目的的阅读。当经典名著进入课程,进入教学,首先要考虑的,还是它在立德树人、培育核心素养、训练读写能力等方面的具体价值。

整本书阅读是走向经典名著的桥梁。《普通高中语文课程标准(2017年版)》将整本书阅读列入第一个学习任务群,反复强调其核心问题是读名著,读原著,"把握文本丰富的内涵和精髓",并在阅读中构建自己的"阅读经验"。这就要求我们抛却那些打发时光、满足趣味的感性诉求,摆脱那种窥斑见豹、以小博大的浮躁心理,直面厚重的经典名著,读整本的书,有思考地读书。而教学干预的目的,就在于消除学生与经典之间的隔阂与障碍,消除学生面对经典的拘谨与无措,让阅读真实地发生,有深度地发生。当然,所谓的"深度"是相对而言的,意在强调阅读中的思考姿态——始终保持着独立的、批判的和创造性的思考,既要走进文本,又要走出文本;既要追求阅读中的移情与共鸣,又要保持理性的质疑与反思;既要与文本对话,又要借助文本达成与自我的精神沟通。

这样的阅读,才是对经典名著的尊重。

既然是整本书阅读,就要将经典名著当作一个生命整体,不能为了某个实用目的,对文本进行主观的肢解或零碎的嫁接,教学干预也必须基于对文本的总体把握。读一本书,就要聚焦这本书的核心价值与文本特质,既要读出它的整体风貌,还要读出它的与众不同。如果被文本的枝节或花絮所遮蔽或魅惑,只见树木不见森林,对于中小学生而言,不说是旁门左道,至少也算得不偿失吧?

在文学性文本的阅读中,笔者一直尝试以文学"母题"来聚焦文本的核心与个性——在细读与思辨的基础上,抽绎出作品的"母题",以"母题"切入文本,将"母题"的研讨作为阅读与探究的核心,并以此作为课程开发与教学设计的基点。

"母题"是神话、艺术和文学中最基本的题旨范畴,如冒险、成长、生存、爱情、死亡、复仇、野心、命运、堕落、苦难、救赎等，它们在不同时代、不同民族的文学作品中反复出现，几乎所有的文学作品皆可包含在这些母题之中。说到底，母题是人类在生存与生活中必须思考的基本问题。对这些问题的不同思考，体现了各民族各自的价值取向与文化特质；对这些母题的不同表现，也彰显出作家与众不同的个性与作品的独特价值。在宏观层面，母题具有普适的基础性、广泛的开放性与多维的关联性；在微观层面，母题又具有个体的切己性，体现了生活的同构性与生命的共通性。这样的阅读，其目的即在于将经典名著转化为学生的学习资源与成长资源，进而实现文化的传承与交流。

母题的研讨，重在发现一本书在母题展现上的个性特质，为学生提供一个相对合宜、合理的文本切入角度，避免大而无当、聚而无焦的散漫状态。我们必须承认，经典名著是厚重的，也是丰腴的，没人能够将其一网打尽，事实上，在经典阅读中也用不着如此贪婪与笨拙。再好的老师，也只能为学生开启一扇走进文本的门。至于门里纷繁旖旎的风光，还得靠自己去发现和领略。

围绕"母题"进行探索，阅读的过程就变成了一个思辨的过程。经典名著的容量与内涵，时空延展与腾挪，叙述角度的多元与转换，结构的繁复与多维，为表现人生与社会的复杂性提供了众多的可能。与篇章和片段相比，经典名著的厚重与丰腴，感性难以抵达，直觉难以洞穿，必须经过从整体到局部、从局部再到整体的多次往复，必须倚重具体的分析与论证，在细读与思辨中走向理性与清明。

如何唤醒"理性的不安"并持续有效地推进这种思辨状态呢？按照杜威的思维原理，关键是要找到真问题。有了真问题，思考就有了目标与动力。杜威打比方说，当人们遇到"岔道口"可能误入歧途的时候，思维就会主动地进入理性的反思状态,因为错误的判断会让自己南辕北辙。"岔道口",即阅读中的疑虑、苦闷、游移、彷徨、停滞——那些需要思维主动介入予以澄清与判断的地方。那些看起来让人不快的状态,才是思维最好的伴侣。因此,阅读的舒适度、流畅度与思维的深度、有效度,是一对需要谨慎处理的矛盾。只强调前者不免肤浅,只强调后者则有悖中小学生的心智发展状况。但有一点应该成为共识:感性的快乐是短暂和肤浅的,思考的乐趣才是深刻的,理智的乐趣远胜于感官的快乐。

说到底,带着问题去阅读,或者在阅读的过程中发现问题,才是阅读的真正快乐。

一部伟大的经典所能提供的精神与文化空间,大到足够让每个读者从中找到自己的镜像,就看我们这一生,有没有这个福气,遇到这本书,遇到那个陪伴自己阅读的人。

众多经典如同千万条河流,终将引我们去看到大海的风景。

目 录

《艾青诗精选》(思辨阅读版)

挚爱与哀愁

第一辑

20世纪30年代

大堰河——我的保姆

大堰河,是我的保姆。

她的名字就是生她的村庄的名字,

她是童养媳,

大堰河,是我的保姆。

我是地主的儿子;

也是吃了大堰河的奶而长大了的

大堰河的儿子。

大堰河以养育我而养育她的家,

而我,是吃了你的奶而被养育了的,

大堰河啊,我的保姆。

大堰河,今天我看到雪使我想起了你:

你的被雪压着的草盖的坟墓,

你的关闭了的故居檐头的枯死的瓦菲,

你的被典押了的一丈平方的园地,

你的门前的长了青苔的石椅,

十
交代大堰河得名的原
因及大堰河与自己的
关系。思考一下:保
姆为什么名叫"大堰
河"。

大堰河,今天我看到雪使我想起了你。

你用你厚大的手掌把我抱在怀里,抚摸我;

在你搭好了灶火之后,

在你拍去了围裙上的炭灰之后,

在你尝到饭已煮熟了之后,

在你把乌黑的酱碗放到乌黑的桌子上之后,

在你补好了儿子们的为山腰的荆棘扯破的衣服之后,

在你把小儿被柴刀砍伤了的手包好之后,

在你把夫儿们的衬衣上的虱子一颗颗的掐死之后,

在你拿起了今天的第一颗鸡蛋之后,

你用你厚大的手掌把我抱在怀里,抚摸我。

我是地主的儿子,

在我吃光了你大堰河的奶之后,

我被生我的父母领回到自己的家里。

啊,大堰河,你为什么要哭?

我做了生我的父母家里的新客了!

我摸着红漆雕花的家具,

我摸着父母的睡床上金色的花纹,

我呆呆地看着檐头的我不认得的"天伦叙乐"的匾,

我摸着新换上的衣服的丝的和贝壳的纽扣,

坟墓"被雪压着",被"草盖",实际上指的是什么?"关闭了的故居檐头的枯死的瓦菲",指的是什么?"被典押了的一丈平方的园地"是指什么?"门前的长了青苔的石椅"暗指生活已陷入水深火热,但依然顽强地毅然地抱养了诗人,这样带着问题读诗,就会有大堰河的整体形象。

反复的"在你……之后",读了有什么感受?诗人要强调什么?

结合艾青的生平思考一下,这里"新客"的意思仅仅是指回到陌生的家吗?

我看着母亲怀里的不熟识的妹妹，

我坐着油漆过的安了火钵的炕凳，

我吃着碾了三番的白米的饭，

但，我是这般忸怩不安！因为我

我做了生我的父母家里的新客了。

大堰河，为了生活，

在她流尽了她的乳液之后，

她就开始用抱过我的两臂劳动了，

她含着笑，洗着我们的衣服，

她含着笑，提着菜篮到村边的结冰的池塘去，

她含着笑，切着冰屑窸索的萝卜，

她含着笑，用手掏着猪吃的麦糟，

她含着笑，扇着炖肉的炉子的火，

她含着笑，背了团箕到广场上去

   晒好那些大豆和小麦，

大堰河，为了生活，

在她流尽了她的乳液之后，

她就用抱过我的两臂，劳动了。

大堰河，深爱着她的乳儿；

在年节里，为了他，忙着切那冬米的糖，

为了他，常悄悄地走到村边的她的家里去，

十

朗读这一句，你认为跟本节第一句应有什么不同？注意：标点符号也有不同。

十

反复抒写"含着笑"，除了在旋律上给人节奏感，还有没有其他的作用？

为了他,走到她的身边叫一声"妈",

大堰河,把他画的大红大绿的关云长

　　贴在灶边的墙上,

大堰河,会对她的邻居夸口赞美她的乳儿;

大堰河曾做了一个不能对人说的梦:

在梦里,她吃着她的乳儿的婚酒,

坐在辉煌的结彩的堂上,

而她的娇美的媳妇亲切的叫她"婆婆"

……

大堰河,深爱她的乳儿!

大堰河,在她的梦没有做醒的时候已死了。

她死时,乳儿不在她的旁侧,

她死时,平时打骂她的丈夫也为她流泪,

五个儿子,个个哭得很悲,

她死时,轻轻地呼着她的乳儿的名字,

大堰河,已死了,

她死时,乳儿不在她的旁侧。

大堰河,含泪的去了!

同着四十几年的人世生活的凌侮,

同着数不尽的奴隶的凄苦,

同着四块钱的棺材和几束稻草,

＋

以大堰河对自己的"深爱",来追述大堰河的一生,表达对大堰河的怀念与尊敬。这种方式有什么好处?

＋

"五个儿子"和"乳儿"有什么不一样?

十
连用"同着"，跟前面连用"你的""在你……之后"，跟后面连用"呈给你"，都有一样的感染力。你发现了没有，其实这也是艾青诗的一个特点：回旋往复、荡气回肠。

十
结合诗人创作发表这首诗的时代背景，了解"不公道的世界"意味着什么。

同着几尺长方的埋棺材的土地，

同着一手把的纸钱的灰，

大堰河，她含泪的去了。

这是大堰河所不知道的：

她的醉酒的丈夫已死去，

大儿做了土匪，

第二个死在炮火的烟里，

第三，第四，第五

在师傅和地主的叱骂声里过着日子。

而我，我是在写着给予这不公道的世界的咒语。

当我经了长长的飘泊回到故土时，

在山腰里，田野上，

兄弟们碰见时，是比六七年前更要亲密！

这，这是为你，静静的睡着的大堰河

所不知道的啊！

大堰河，今天，你的乳儿是在狱里，

写着一首呈给你的赞美诗，

呈给你黄土下紫色的灵魂，

呈给你拥抱过我的直伸着的手

呈给你吻过我的唇，

呈给你泥黑的温柔的脸颜，

呈给你养育了我的乳房，

呈给你的儿子们，我的兄弟们，

呈给大地上一切的，

我的大堰河般的保姆和她们的儿子，

呈给爱我如爱她自己的儿子般的大堰河。

大堰河，

我是吃了你的奶而长大了的

你的儿子，

我敬你

爱你！

一九三三年一月十四日　雪朝

+

"大地上一切的"是什么意思？你能感受到诗人的情感由抒发个人之感受扩大到对整个民族的感慨吗？这首诗看似是对一个"保姆"的挚爱，实际上内含的感情究竟是什么呢？

+

这里，能读出诗人对全体"中国人"的赞美吗？

思辨读写

1. 这是一首自传性的自由诗，也被视作带有一定叙事性的抒情诗。"大堰河"是一条"河"的名字，为什么会是"我的保姆"？

2. 在诗中，诗人称呼"大堰河"的儿子为"我的兄弟们"，说"呈给大地上一切的／我的大堰河般的保姆和她们的儿子"？很显然，诗人似乎是在暗示什么，暗示什么呢？有人评价说：诗人虽然写的是一个"大堰河"，却已然写出了全体中国人。你能写下你的理解吗？

芦 笛

——纪念故诗人阿波里内尔[1]

J'avais un mirliton que je n'aurais pas échangé

contre un bâton de maréchal de France.

——G. Apollinaire[2]

我从你彩色的欧罗巴[3]

带回了一支芦笛，

同着它，

我曾在大西洋边

像在自己家里般走着，

如今

1　法国著名诗人，代表作《醇酒集》。

2　法文，译为：当年我有一支芦笛。拿法国大元帅的节杖我也不换。——阿波里内尔

3　欧洲。

你的诗集"Alcool"[1]是在上海的巡捕房里，

我是"犯了罪"的，

在这里

芦笛也是禁物。

我想起那支芦笛啊，

它是我对于欧罗巴的最真挚的回忆，

阿波里内尔君，

你不仅是个波兰人

因为你

在我的眼里，

真是一节流传在蒙马特的故事，

那冗长的，

　惑人的，

由玛格丽特震颤的褪了脂粉的唇边

吐出的堇色的故事。

谁不应该朝向那

白里安和俾士麦的版图

吐上轻蔑的唾液呢——

那在眼角里充溢着贪婪，

卑污的盗贼的欧罗巴！

但是，

＋
从欧罗巴带回的芦笛成为"禁物"，这一表达本意是什么？在读诗的时候应引起注意。

＋
副标题为"纪念故诗人阿波里内尔"，请注意这首诗中提到的很多人名，读的时候可以先猜一猜，读过之后再查阅相关资料了解这些人名。

1　法文，酒。这里指阿波里内尔的《醇酒集》。

我耽爱着你的欧罗巴啊,

波特莱尔和兰布[1]的欧罗巴。

在那里,

我曾饿着肚子

把芦笛自矜的吹,

人们嘲笑我的姿态,

因为那是我的姿态呀!

人们听不惯我的歌,

因为那是我的歌呀!

滚吧

你们这些曾唱了《马赛曲》,

而现在正在淫污着那

光荣的胜利的东西!

今天,

我是在巴士底狱里,

不,不是那巴黎的巴士底狱。

芦笛并不在我的身边,

铁镣也比我的歌声更响,

但我要发誓——对于芦笛,

为了它是在痛苦的被辱着,

我将像一七八九年似的

十

"彩色的欧罗巴""堇色的故事",有"最真挚的回忆",是"耽爱着你的欧罗巴",却又是"眼角里充溢着贪婪""卑污的盗贼的""淫污"的,这么大的反差,读来有什么感受?

---

1 波特莱尔,即法国著名现代派诗人波德莱尔,代表作《恶之花》。兰布,即法国著名诗人兰波,代表作有《醉舟》《地狱一季》等。

向灼肉的火焰里伸进我的手去！

在它出来的日子，

将吹送出

对于凌侮过它的世界的

毁灭的咒诅的歌。

而且我要将它高高地举起，

以悲壮的 Hymne[1]

把它送给海，

送给海的波，

粗野的嘶着的

海的波啊！

一九三三年三月二十八日

思辨读写

1. 学者孙郁评价《芦笛》"像一首小夜曲……这一首诗有颜色、声响、时间与转换的空间,各种元素构成一种美丽的感受,悠然向我们走来"。但在诗中,诗人用自由的诗行控诉那个没有自由的罪恶世界。读了这首诗,请谈谈诗人赞美了哪些人物,斥责了哪些人物,说一说"芦笛"的象征意义是什么。

想一想,为什么要"把它送给海"?

1　法文,颂歌。

2. 关于这首诗,艾青作过简要的解释:"我把芦笛象征艺术,把元帅节杖象征不正的权力;诗里骂了白里安,骂了德国的俾斯麦;而且说我将像 1789 年似的向巴士底狱伸进我的手去,而这个巴士底不是巴黎的巴士底狱。"请思考:诗人怎样把"芦笛"和"巴士底狱"联系起来的? 这首诗与上一首《大堰河——我的保姆》有怎样的异同?

马　赛

如今
无定的行旅已把我抛到这
陌生的海角的边滩上了。

+
起笔就给人不安的感觉。

看城市的街道
摆荡着,
货车也像醉汉一样颠扑,
不平的路
使车辆如村妇般
连咒带骂地滚过……

+
写街道所见,把货车、车辆当成醉汉、村妇来描绘。读的时候,留意感受诗人奇特的想象。

在路边

无数商铺的前面

潜伏着

期待着

看不见的计谋，

和看不见的欺瞒……

市集的喧声

像出自运动场上的千万观众的喝彩声般

从街头的那边

冲击地

播送而来……

接连不断的行人，

匆忙地，

跄踉地，

在我这迟缓的脚步旁边拥去……

他们的眼都一致地

观望他们的前面

——如海洋上夜里的船只

朝向灯塔所指示的路，

像有着生活之幸福的火焰

在茫茫的远处向他们招手

……

在你这陌生的城市里，

＋

商铺、市集里，是计谋
和欺骗。

＋

把行人想象成船只，
这样的城市景象，是
陌生的，不安的。

十

不安的感觉进一步加重。

我的快乐和悲哀，

都同样地感到单调而又孤独！

像唯一的骆驼，

在无限风飘的沙漠中，

寂寞地寂寞地跨过……

街头群众的欢腾的呼嚷，

也像飓风所煽起的砂石，

向我这不安的心头

不可抗地飞来……

午时的太阳，

是中了酒毒的眼，

放射着混沌的愤怒

和混沌的悲哀……

它

嫖客般

凝视着

厂房之排列与排列之间所伸出的

高高的烟囱。

烟囱！

你这为资本所奸淫了的女子！

头顶上

忧郁的流散着

弃妇之披发般的黑色的煤烟……

十一

这样的不安，引出下面的批判和诅咒。

多量的

装货的麻袋，

像肺结核病患者的灰色的痰似的

从厂旁的门口，

不停地吐出……看！

工人们摇摇摆摆地来了！

如这重病的工厂

是养育他们的母亲——

保持着血统

他们也像她一样的肌瘦枯干！

他们前进时

溅出了沓杂的言语，

而且

一直把繁琐的会话，

带到电车上去，

和着不止的狂笑

和着习惯的手势

和着红葡萄酒的

空了的瓶子。

海岸的码头上，

堆货栈

和转运公司

＋
不断地变换想象，表现"重病的工厂"，实则表现得病的城市。禁不住令人思考，马赛怎么了？

和大商场的广告，

强硬的屹立着

+
诗人的眼光朝向更广
阔的空间，发现资本
主义社会里的"盗"。

像林间的盗

等待着及时而来的财物。

那大邮轮

就以熟识的眼对看着它们

并且彼此相理解地喧谈。

若说它们之间的

震响的

冗长的言语

是以钢铁和矿石的词句的，

那起重机和搬运车

就是它们的怪奇的嘴。

这大邮轮啊

+
"最堂皇的绑匪"是指
什么人？

世界上最堂皇的绑匪！

几年前

我在它的肚子里

就当一条米虫般带到此地来时，

已看到了

它的大肚子的可怕的容量。

它的饕餮的鲸吞

+
联想到自己，想到"东
方的丰饶的土地"。

能使东方的丰饶的土地

遭难得

比经了蝗虫的打击和旱灾

还要广大，深邃而不可救援！

半个世纪以来

已使得几个民族在它们的史页上

涂满了污血和耻辱的泪……

而我——

这败颓的少年啊，

就是那些民族当中

几万万里的一员！

今天

大邮轮将又把我

重新以无关心的手势，

抛到它的肚子里，

像另外的

成百成千的旅行者们一样。

马赛！

当我临走时

我高呼着你的名字！

而且我

以深深了解你的罪恶和秘密的眼，

依恋地

不忍舍去地看着你，

看着这海角的沙滩上

叫嚣的

叫嚣的

繁殖着那暴力的

无理性的

你的脸颜和你的

向海洋伸张着的巨臂，

因为你啊

你是财富和贫穷的锁孔，

你是掠夺和剥削的赃库。

马赛啊

你这盗匪的故乡

可怕的城市！

＋
直接抒发对马赛所代表的资本主义的痛恨。

＋
"盗匪的故乡"，是诗人在马赛所见、所感、所思基础上，发现了产生世间苦痛的根源，发现了畸形发展的资本主义社会背后隐藏的罪恶。

思辨读写

1. 马赛是法国重要的港口城市，是《马赛曲》的诞生地。诗人曾说："我爱的是自由的、艺术的、有着《马赛曲》光荣历史的欧罗巴，反对和否定的是帝国主义的欧罗巴。"诗人从千千万万劳苦大众的情感出发，对马赛进行了深沉的思索，刻画了马赛堕落的罪恶形象，直率地毫不客气地对它加以指责和诅咒。请概括这首诗的内容和它所表达的感情。

2. 艾青在《诗论》一书中说："艺术的语言,是饱含情绪的语言,是饱含思想的语言,是技巧的语言。诗的语言必须饱含思想和感情,语言里面也必须富有暗示性和启示性。"请关注艾青诗的语言,感受语言如何表达感情,抒情如何依靠语言。

铁窗里

只能通过这惟一的窗,

我才能——

看见熔铁般红热的奔流着的朝霞;

看见潮退后星散在平沙上的贝壳般的云朵;

看见如浓墨倾泻在素绢上的阴霾;

看见如披挂在贵妇人裸体上的绯色薄纱的霓彩;

看见去拜访我的故乡的南流的云;

看见拥上火的太阳的东海的云;

看见法兰西绘画里的塞纳河上的晴空;

看见微风款步过海面时掀起鱼鳞样银浪般的天;

看见狂热的夏的天,抑郁的春的天,飘逸而
    又凄凉的秋的天;

十

诗人失去了自由,他对于外在的世界有怎样的渴望?起笔,无奈中的无限渴望。

十

也许只是一瞬间的遐想与渴望,诗人的思绪却已穿过一个个漫长的季节,此处可以感受到诗人怎样的情绪?

看见寂寞的残阳爬上

　延颈歌唱在屋脊上的鸠的肩背；

看见温煦的朝日在翩跹的鸽群的白羽上闪光；

看见夜游的蝙蝠回旋在沉重的暮气里……

只能通过这惟一的窗，

我才能举起——

对于海洋的怀念，

　当碧空虚阔地展开的时候；

对于马雅可夫斯基的诗的太阳的怀念，

　当炎阳投射在赤色的围墙上；

对于千万的伸着古铜般巨臂的新世界创造者

　　的怀念

　当汽笛的声音悠长而豪阔地横过；

对于秋的绯红的森林与萧萧芦洲的怀念，

　在秋风里；

对于家乡的满山火焰般杜鹃花的怀念，

　在传来的卖花声里；

对于坐着白漆艇荡过烟水淼茫的湖的怀念，

　当天空扬过一片云的白帆；

对于都市的汹嚣的夜的街道的怀念，

　当墙外喧响过车声与人语；

对于被夕阳烫熨着的大地的怀念；

十
与前一节不同，这里
为什么是"举起"？看
似整齐不变的格式
中，我们需要关注细
微的变化。

对于雪的怀念，

　　五月的秋的海的怀念；

对于一切在我的记忆里留过烙印的东西，都

　　怀念着……

只能通过这惟一的窗，

我才能举起仰视的幻想的眼波，

在迎迓一切新的希冀——

在黄昏里希冀皓月与繁星，

在深夜希冀着黎明，

在炎夏希冀凉秋，

在严冬又希冀新春，

这不断的希冀啊，

使我感触到世界的存在；

带给我多量的生命的力。

这样，

我才能跨过——

　　这黎明黄昏，黄昏黎明，春夏秋冬，秋冬春夏的茫

　　　　茫的时间的大海啊。

＋

"一切"似乎做出了一个总结，也蓄积了无尽的力量，所有的怀念最终激发出新的力量，在怀念中产生新的希冀。

＋

"只能……才"的句式反复出现，诗人在强调什么？"惟一"一词可以看出诗人怎样的处境？他精神世界的处境又是怎样的？

＋

"这样……，才……"无奈与期待的情绪做出了最后一次强调和总结。这句话值得深思。是什么样的力量让诗人在被囚禁的日子里度过日夜的轮回，四季的更迭？对于一个民族而言更需要这样的力量。

思辨读写

1. "铁窗"作为特定地点的特点形象,作者已经用标题直接告诉了我们他内心的苦闷和渴望。读完本诗,你认为诗人在向往什么？他能否等到他想要的世界呢？除了个人,他对国家和民族的出路又有怎样的思考？

2. 艾青在《诗论掇拾》中写道:"一首诗里,没有新鲜,没有色调,没有光彩,没有形象——艺术的生命在哪里呢?"艾青是一位擅长绘画的作家,处于幽闭的监狱中的诗人,对于外面世界的仍然保持着永不熄灭的的希望之火,请你留意一下本诗中的语言,看看作者是怎样借助绘画的艺术在诗中传达情感的,在语言的形式上又有怎样的新变化。

太　阳

从远古的墓茔
从黑暗的年代
从人类死亡之流的那边
震惊沉睡的山脉

若火轮飞旋于沙丘之上

太阳向我滚来……

把太阳置于历史的时空中,突如其来,扑面而来,气势壮阔。

它以难遮掩的光芒

使生命呼吸

使高树繁枝向它舞蹈

使河流带着狂歌奔向它去

高度概括太阳带给世间万物的作用。

当它来时,我听见

冬蛰的虫蛹转动于地下

群众在旷场上高声说话

城市从远方

用电力与钢铁召唤它

自然而然产生联想,生发出诗人对太阳作用的进一步联想。

于是我的心胸

被火焰之手撕开

陈腐的灵魂

搁弃在河畔

我乃有对于人类再生之确信

心胸打开,讴歌光明,讴歌并召唤新的时代。

一九三七年春

思辨读写

1. 中国古代的文人墨客喜欢将情思寄托在月亮上，"五四"新文学之后，太阳常常在诗歌中发出耀眼的光芒。结合艾青创作这首诗的 1937 年前后这个中国历史转折时期的背景，想一想，"太阳"象征什么？有什么深意？

2. "太阳向我滚来"一句曾受到闻一多先生的质疑。闻一多先生认为这句诗不应这样写，应该写"我"向太阳奔去，才合乎道理。你怎么看？说说你的见解。

煤的对话
——A—Y.R.

＋
以问句开启，直接将读者带入诗歌。

你住在哪里？

我住在万年的深山里
我住在万年的岩石里

你的年纪——

我的年纪比山的更大

比岩石的更大

你从什么时候沉默的？

十
该怎么理解"沉默"？
可以对照品味诗歌结
尾处的强烈情感。

从恐龙统治了森林的年代

从地壳第一次震动的年代

你已死在过深的怨愤里了么？

死？不，不，我还活着——

请给我以火，给我以火！

十
重复的否定词，在此
处表达什么情感？

　　　　　　　　　　　一九三七年春

思辨读写

1. 这首诗节奏明快，意象清晰，能不能试着梳理一下，诗
   中的"煤"有哪些经历，是怎样的一种形象？

2. 请思考：最后一句"请给我以火，给我以火！"中的"我"
   还仅仅是指"煤"吗？与之对话的"人"又有什么深意？

春

＋

直接而简洁的语言一下把诗歌带入了开拓的境界。这句诗在整首诗的情感抒发中起着怎样的作用？

春天了

龙华的桃花开了

在那些夜间开了

在那些血斑点点的夜间

那些夜是没有星光的

那些夜是刮着风的

那些夜听着寡妇的咽泣

而这古老的土地呀

随时都像一只饥渴的野兽

舐吮着年轻人的血液

＋

此处"人之子"应该是一个集体的概念，他们代表了怎样的形象？对一个民族而言有怎样的意义？

＋

理想社会从付诸行动，到最后的收获，是艰巨而漫长的过程。亲历者所付出的巨大牺牲，可想而知。

顽强的人之子的血液

于是经过了悠长的冬日

经过了冰雪的季节

经过了无限困乏的期待

这些血迹，斑斑的血迹

在神话般的夜里

在东方的深黑的夜里

爆开了无数的蓓蕾

点缀得江南处处是春了

人问：春从何处来？

我说：来自郊外的墓窟。

一九三七年四月

思辨读写

1. 诗歌以春开始，以春结束，整首诗给人感觉平稳深沉，那汹涌澎湃的情感似乎被凝固在了时间和地点的框架里。试着梳理一下，艾青是怎样围绕着桃花开放的时间、地点、氛围来层层表现感情的。

2. 艾青的诗歌创作曾经受到法国象征主义诗人波德莱尔的影响，在作品中也有其痕迹，请仔细品味诗歌中虚实结合的写作手法。春天除了是时间概念之外，还可以象征什么？

笑

十
起笔用否定,由"考古"打开时间限制,从遥远的未来审视当下,可谓独特而开阔。

我不相信考古学家——

在几千年之后,
在无人迹的海滨,
在曾是繁华过的废墟上
拾得一根枯骨
——我的枯骨时,
他岂能知道这根枯骨
是曾经了二十世纪的烈焰燃烧过的?

又有谁能在地层里
寻得
那些受尽了磨难的

十
泪珠看似脆弱,易逝,却珍贵无比。此处的泪珠有怎样的力量呢?

牺牲者的泪珠呢?
那些泪珠
曾被封禁于千重的铁栅,
却只有一枚钥匙

可以打开那些铁栅的门，

而去夺取那钥匙的无数大勇

却都倒毙在

守卫者的刀枪下了

如能捡得那样的一颗泪珠

藏之枕畔

当比那捞自万丈的海底之贝珠

更晶莹，更晶莹

而彻照万古啊！

我们岂不是

都在自己的年代里

被钉上了十字架么？

而这十字架

决不比拿撒勒人所钉的

较少痛苦。

敌人的手

给我们戴上荆棘的冠冕

从刺破了的惨白的前额

淋下的深红的血点，

+
"晶莹"，是澄澈透亮的形象，蕴含着穿越古今的力量。形象和内在之间形成巨大的对比，更突出其可贵，力量之大。

也不曾写尽

我们胸中所有的悲愤啊！

诚然

我们不应该有什么奢望，

却只愿有一天

人们想起我们，

像想起远古的那些

和巨兽搏斗过来的祖先，

脸上会浮上一片

安谧而又舒展的笑——

虽然那是太轻松了，

但我却甘愿

为那笑而捐躯！

一九三七年五月八日

十

重新回到遥远的古代,无声中呼应开头。

十

该怎样理解这句话? 尤其是"甘愿"一词? "笑"的力量让我甘愿献出生命,这样的作者所体现的革命的精神何尝不是他所赞颂的那些先驱者们的特点呢。一往无前,无所畏惧。

思辨读写

1. 标题容易引起读者的好奇心：为什么而笑？为什么要写这样的笑？请你再仔细思考一下：最后一节中的"笑"有什么含义？为何会"安谧而又舒展"？

2. 诗歌创作于"七七事变"前夕，诗人的敏锐让他感知到在即将到来的暴风骤雨中需要强大的力量。怎样唤醒这样的力量呢？作者的心思巧妙，借助独特的写作的视角构思诗歌，从未来写起。梳理一下，作者是怎样逐步实现这唯一的愿望的？

黎　明

当我还不曾起身

两眼闭着

听见了鸟鸣

听见了车声的隆隆

听见了汽笛的嘶叫

我知道

你又叩开白日的门扉了……

黎明，

为了你的到来

我愿站在山坡上，

像欢迎

从田野那边疾奔而来的少女，

+ 先声夺人的写法，声音渐入佳境，营造了一种怎样的氛围？

+ 为了你，我愿意。如此直白的抒情，可见作者一片赤诚之心。想一下，为何要"站在山坡上"呢？

向你张开两臂——

因为你，

你有她的纯真的微笑，

和那使我迷恋的草野的清芬。

我怀念那：

同着伙伴提了篾篮

到田堤上的豆棚下

采撷豆荚的美好的时刻啊——

我常进到最密的草丛中去，

让露水浸透了我的草鞋，

泥浆也溅满我的裤管，

这是自然给我的抚慰，

我将狂欢而跳跃……

十

联系陶渊明的"衣沾不足惜"，思考一下，此时的诗人含有怎样的情感？

我也记起

在远方的城市里

在浓雾蒙住建筑物的每个早晨，

我常爱在街上无目的地奔走，

为的是

你带给我以自由的愉悦，

和工作的热情。

十

"无目的""自由""愉悦""热情"几个鲜明的词语在此汇聚，一气呵成。你能否描绘一下此时的作者是怎样的状态？

但我却不愿

看见你罩上忧愁的面纱——

因我不能到田间去了，

也不能在街上奔跑——

一切都沉默着，

望着阴郁的雨滴徘徊在我的窗前

我会联想到：死亡，战争，

和人间一切的不幸……

黎明啊，

要是你知道我曾对你

有比对自己的恋人

更不敢拂逆和迫切的期待啊——

当我在那些苦难的日子，

悠长的黑夜

把我抛弃在失眠的卧榻上时，

我只会可怜地凝视着东方，

用手按住温热的胸膛里的急迫的心跳

等待着你——

我永远以坚苦的耐心，

希望在铁黑的天与地之间

会裂出一丝白线——

想象和联想是诗歌常用的写作手法。联想的内容明确了诗人的思考方向，甚至指向了诗歌的核心。

想一想，"你""我"这样的人称变化下，作者如何酣畅淋漓地表达着对黎明的渴望。

思考一下，"抛弃"是一种怎样的力量？再结合语境想象一下此时"我"的内心世界。

纵使你像故意折磨我似的延迟着，

我永不会绝望，

却只以燃烧着痛苦的嘴

问向东方：

"黎明怎不到来？"

而当我看见了你

披着火焰的外衣，

从天边来到阴暗的窗口时啊——

我像久已为饥渴哭泣得疲乏了的婴孩，

看见母亲为他解开裹住乳房的衣襟

泪眼迸出微笑，

心儿感激着，

我将带着呼唤

带着歌唱

投奔到你温煦的怀里。

一九三七年五月二十三日晨

思辨读写

1. 诗歌开篇以明丽洒脱的笔调直接引出黎明，随后分

别表达了对黎明的怀念、对黎明的期待以及奔向黎

十

身处痛苦之中，却仍然满含期待。

十

极言渴望之情。打破了诗歌朴素的整体风格，却又显得恰如其分。

十

"温煦"一词让诗歌在温暖与柔软中结束，就像活泼的孩子终于有了满意的归宿。

明的热情,全诗娓娓道来。这个过程中,你能看出诗中的"我"有怎样的特点?"黎明"仅仅是指时间吗?

2. 艾青在《诗论》中提出了"散文美"的问题,他说:"强调'散文美',就是为了把诗从矫揉造作、华而不实的风气中摆脱出来。"这种不做作的特点,不仅体现在语言的干净潇洒上,也体现在所运用的意象中。你能不能试着分析一下这首诗歌所体现的"朴实无华"的特点?

复活的土地

腐朽的日子
早已沉到河底,
让流水冲洗得
快要不留痕迹了;

河岸上
春天的脚步所经过的地方,
到处是繁花与茂草;
而从那边的丛林里

＋
题目为"复活的土地",但开篇便是破釜沉舟似的写法,给读者一种怎样的想象?

＋
这一节诗歌格调鲜活,充满生机,与前一节形成鲜明对比。"春天""繁花""茂草""百鸟"无不展现出原始的自然的活力。

也传出了

忠心于季节的百鸟之

高亢的歌唱。

播种者呵

是应该播种的时候了，

为了我们肯辛勤地劳作

大地将孕育

金色的颗粒。

＋
隐含着的时光的印记，希望也随之疯长。试着描绘一下，"金色的颗粒"是怎样的呢？

就在此刻，

你——悲哀的诗人呀，

也应该拂去往日的忧郁，

让希望苏醒在你自己的

久久负伤着的心里：

＋
"往日的忧郁"指的是什么？此处的作者有怎样的希冀呢？

因为，我们的曾经死了的大地，

在明朗的天空下

已复活了！

——苦难也已成为记忆，

在它温热的胸膛里

重新漩流着的

＋
此处作者已经完成了诗歌的结构呼应。随后的"已复活了！"被凸显得更加有力。
＋
怎么理解"苦难也已成为记忆"？是否可以忘记？

将是战斗者的血液。

一九三七年七月六日　沪杭路上

思辨读写

1. 土地曾历经磨难与坎坷,最终复活,但是其中一节写到
   了"诗人"。"诗人"在土地复苏的过程中起到了什么作
   用? 试着分析一下"诗人"和"战斗者"有什么不同。

2. 艾青说"预言是'照亮灵魂的火花'"。这首诗歌正是写
   在战争爆发的前夕,请结合历史背景分析:本诗以"复
   活的土地"为题,有何妙处?

他起来了

他起来了——
从几十年的屈辱里
从敌人为他掘好的深坑旁边

+
开篇奠定了朴实而坚
定的诗歌格调。结合
作者创作的年代,细
细品味:"他"有怎样
的特点?"几十年的
屈辱"指的是什么?
结合所了解的历史谈
一谈。

＋
"笑"与两个"淋着血"形成鲜明对比，突出了"他"怎样的品质？

他的额上淋着血

他的胸上也淋着血

但他却笑着

——他从来不曾如此地笑过

他笑着

两眼前望且闪光

像在寻找

那给他倒地的一击的敌人

＋
"寻找"而不是等待，两者有什么不同？

＋
两个"起来"连用，既强调了结果，又展现了过程。

他起来了

他起来

将比一切兽类更勇猛

又比一切人类更聪明

因为他必须如此

因为他

　　必须从敌人的死亡

夺回来自己的生存

＋
"死亡"和"生存"的强烈对比，朴实简洁又直面现实，进一步加深了"他"的想象特点。

　　　　　　　　一九三七年十月十二日　杭州

思辨读写

1. 诗句中的"他"朴实无华,没有更多的修饰词,这是一种怎样的形象呢?你能从诗句中感受到吗?对于中华民族而言,"他"有怎样的独特意义?

2. 曾经有人认为这首诗歌是失败的,原因是情感显得空洞,阻断了诗歌的情感。对此,你有什么看法?请说说你的理由。

雪落在中国的土地上

雪落在中国的土地上,
寒冷在封锁着中国呀……

风,
像一个太悲哀了的老妇,
紧紧地跟随着
伸出寒冷的指爪
拉扯着行人的衣襟,

+
试着描述一下:作者创造了一种怎样的场景?

＋
朗读至此该用怎样的
情绪?

用着像土地一样古老的话

一刻也不停地絮聒着……

那从林间出现的，

赶着马车的

你中国的农夫

戴着皮帽

冒着大雪

＋
仅仅是在向农夫发问
吗?
＋
注意人称。

你要到哪儿去呢?

告诉你

我也是农人的后裔——

由于你们的

刻满了痛苦的皱纹的脸

我能如此深深地

知道了

生活在草原上的人们的

岁月的艰辛。

＋
注意人称。

而我

也并不比你们快乐啊

＋
留意诗人怎样表现历
史与现实。以上所有
旧中国的图景,正是
民族的苦难。

——躺在时间的河流上

苦难的浪涛

曾经几次把我吞没而又卷起——

流浪与监禁

已失去了我的青春的

最可贵的日子，

我的生命

也像你们的生命

一样的憔悴呀

雪落在中国的土地上，

寒冷在封锁着中国呀……

沿着雪夜的河流，

一盏小油灯在徐缓地移行，

那破烂的乌篷船里

映着灯光，垂着头

坐着的是谁呀？

——啊，你

蓬发垢面的少妇，

是不是

你的家

——那幸福与温暖的巢穴——

已被暴戾的敌人

烧毁了么？

艰难困苦的人生，颠沛流离的生命，铸成患难与共的民族。

这里的"乌篷船"有什么深意吗？

留意人称的变换，"你""你们"分别是谁？诗人不断变换人称，给阅读带来了怎样的感受？

是不是

也像这样的夜间，

失去了男人的保护，

在死亡的恐怖里

你已经受尽敌人刺刀的戏弄？

咳，就在如此寒冷的今夜，

无数的

我们的年老的母亲，

都蜷伏在不是自己的家里，

就像异邦人

不知明天的车轮

要滚上怎样的路程……

——而且

中国的路

是如此的崎岖

是如此的泥泞呀。

雪落在中国的土地上，

寒冷在封锁着中国呀……

透过雪夜的草原

那些被烽火所啮啃着的地域，

十

结合当时中国的处境，分析"崎岖"和"泥泞"体现在哪些方面？

无数的,土地的垦殖者

失去了他们所饲养的家畜

失去了他们肥沃的田地

拥挤在

生活的绝望的污巷里:

饥馑的大地

朝向阴暗的天

伸出乞援的

颤抖着的两臂。

中国的苦痛与灾难

像这雪夜一样广阔而又漫长呀!

雪落在中国的土地上

寒冷在封锁着中国呀……

中国

我的在没有灯光的晚上

所写的无力的诗句

能给你些许的温暖么?

一九三七年十二月二十八日夜间

+

"拥挤"的描写对象是谁？这是一种怎样的场景？

+

"雪落在中国的土地上"在诗歌中重复出现,给你最直接的感受是什么？作者反复吟咏有什么特殊目的呢？

+

此处的"温暖"指的是什么？作者希望读者有怎样的回响呢？

思辨读写

1. 诗人时刻关注着中国的命运,尤其是生活在这片土地上的农民。尽管他没有去过北方,但是所写的景象仍然是当时北方最真切的事实。读诗过程中,你眼前一定会显现出当时旧中国北方大地的图景,请用一组词语概括这幅图景的特征。

2. "自我感受"是诗人创作的重要情感因素,本诗展现得比较直接。冰封雪冻的中国,农人、牧民、母亲、孩子,一切土地上的劳作者都陷入"绝望的污巷",请思考:作者是怎样将自己"自我感受"同民族的命运连接在一起的?

风陵渡

＋
第一节中,作者连用四个排比句,给读者创设了一种怎样的境界?它带来最直接的感受是怎样的?

风吹着黄土层上的黄色的泥沙

风吹着黄河的污浊的水

风吹着无数的古旧的渡船

风吹着无数渡船上的古旧的布帆

黄色的泥沙

使我们看不见远方

黄河的水

激起险恶的浪

古旧的渡船

载着我们的命运

古旧的布帆

突破了风，要把我们

带到彼岸

风陵渡是险恶的

黄河的浪是险恶的

听呵

那野性的叫喊

它没有一刻不想扯碎我们的渡船

和鲸吞我们的生命

而那潼关啊

潼关在黄河的彼岸

它庄严地

守卫着祖国的平安。

一九三八年初　风陵渡

＋
此时，"我们"正经历着什么？惊涛骇浪中的"我们"又有怎样的心境？

＋
请思考，在众多的地点中为何作者独选"潼关"，独选"黄河"？

思辨读写

1.《风陵渡》一诗,记录了艾青乘坐渡船渡过黄河前往潼关的心境。查一查风陵渡,了解这个地名背后的历史、社会、军事意义。在这首诗中,诗人渡河要去的潼关意味着什么?

2. 在这首激昂的诗歌中,诗人坚定地相信风陵渡彼岸的力量。诗歌为了凸显作者的心情用了一组对比,请找出来并作简要分析。

北　方

一天
那个科尔沁草原上的诗人
对我说:
"北方是悲哀的。"

＋
看似深情的呼唤,却带给人无尽的悲凉。

不错
北方是悲哀的。
从塞外吹来的

47

沙漠风，

已卷去北方的生命的绿色

与时日的光辉

——一片暗淡的灰黄

蒙上一层揭不开的沙雾；

那天边疾奔而至的呼啸

带来了恐怖

疯狂地

扫荡过大地；

荒漠的原野

冻结在十二月的寒风里，

村庄呀，山坡呀，河岸呀，

颓垣与荒冢呀

都披上了土色的忧郁……

孤单的行人，

上身俯前

用手遮住了脸颊，

在风沙里

困苦地呼吸

一步一步地

挣扎着前进……

几只驴子

＋

诗人在此罗列地点，带给你怎样的感受？

＋

"驴子"是一种怎样的形象？放置在此时的北方的背景之下，有什么样的含义？

——那有悲哀的眼

　　和疲乏的耳朵的畜生，

载负了土地的

痛苦的重压，

它们厌倦的脚步

徐缓地踏过

北国的

修长而又寂寞的道路……

那些小河早已枯干了

河底也已画满了车辙，

北方的土地和人民

在渴求着

那滋润生命的流泉啊！

枯死的林木

与低矮的住房

稀疏地，阴郁地

散布在灰暗的天幕下；

天上，

看不见太阳，

只有那结成大队的雁群

惶乱的雁群

击着黑色的翅膀

十

"雁群"的不安与慌乱
象征着什么？

叫出它们的不安与悲苦，

从这荒凉的地域逃亡

逃亡到

绿荫蔽天的南方去了……

北方是悲哀的

而万里的黄河

汹涌着混浊的波涛

给广大的北方

倾泻着灾难与不幸；

而年代的风霜

刻划着

广大的北方的

贫穷与饥饿啊。

而我

——这来自南方的旅客，

却爱这悲哀的北国啊。

扑面的风沙

与入骨的冷气

决不曾使我咒诅；

我爱这悲哀的国土，

一片无垠的荒漠

＋

为什么"北方是悲哀的"？

＋

以下有一连串的"我爱这悲哀的国土"，留意诗人的感情出现了怎样的变化。

也引起了我的崇敬

——我看见

我们的祖先

带领了羊群

吹着笳笛

沉浸在这大漠的黄昏里；

我们踏着的

古老的松软的黄土层里

埋有我们祖先的骸骨啊，

——这土地是他们所开垦

几千年了

他们曾在这里

和带给他们以打击的自然相搏斗

他们为保卫土地，

从不曾屈辱过一次，

他们死了

把土地遗留给我们——

我爱这悲哀的国土，

它的广大而瘦瘠的土地

带给我们以淳朴的言语

与宽阔的姿态，

我相信这言语与姿态，

坚强地生活在大地上

永远不会灭亡；

我爱这悲哀的国土，

　　古老的国土

——这国土

养育了为我所爱的

世界上最艰苦

与最古老的种族。

　　　　　一九三八年二月四日　潼关

＋
"我爱这悲哀的国土"反复出现，可以看出诗人此时表达的情绪。可将这些诗句与《我爱这土地》结合起来读一读，体会其中的深情。

思辨读写

1. 每个时代对于特定的地域都会有特殊的认知和情感。你认知中的北方是什么样的？请联系 20 世纪 30 年代的历史背景，思考当时的北方经历了什么，以至于小说家端木蕻良也发出"北方是悲哀的"的诗句。作者仅仅是在哀叹"北方"吗？

2. 艾青在诗集《北方》的序文中说："我是酷爱朴素的，这种爱好，使我的情感毫无遮蔽，而我又对自己这种毫无遮蔽的情感激起了愉悦。很久了，我就在这样的境况中写着诗。"试着分析一下，本诗是怎样体现这种"朴素"的？

向太阳

从远古的墓茔

从黑暗的年代

从人类死亡之流的那边

震惊沉睡的山脉

若火轮飞旋于沙丘之上

太阳向我滚来……

——引自旧作《太阳》

＋

诗人为什么将旧作用
作序？在写作手法上
有什么深意？

一、我　起　来

我起来——

像一只困倦的野兽

受过伤的野兽

从狼藉着败叶的林薮

从冰冷的岩石上

挣扎了好久

支撑着上身

＋

"野兽"具有怎样的特
点？为什么要把自己
比作野兽呢？

睁开眼睛

向天边寻觅……

我——

是一个

从遥远的山地

从未经开垦的山地

到这几千万人

  用他们的手劳作着

  用他们的嘴呼嚷着

  用他们的脚走着的城市来的

   旅客，

我的身上

酸痛的身上

深刻地留着

风雨的昨夜的

长途奔走的疲劳

但

我终于起来了

我打开窗

用囚犯第一次看见光明的眼

看见了黎明

＋

注意诗人的诗作中经常有个"我"。这首诗中的"我"会看见什么？经历什么？想到什么？

＋

"终于"二字显现出其内心的渴望与期盼，更进一步强调了一路的艰难。

十

作者倾心于"黎明"意象的使用,可见他对光明、自由、希望的热切盼望。

——这真实的黎明啊

（远方

似乎传来了群众的歌声）

于是　我想到街上去

二、街　　上

十

预示着新的一天到来。展现一幅朝气蓬勃的生活图景。

早安呵

你站在十字街头

　　车辆过去时

　　举着白袖子的手的警察

早安呵

你来自城外的

　　挑着满箩绿色的菜贩

早安呵

你打扫着马路的

　　穿着红色背心的清道夫

十

作者重复"早安",不仅仅是一种欣喜,更是带着读者漫步整个街道,其中的生机与希望一一展现。

早安呵

你提了篮子,第一个到菜场去的

　　棕色皮肤的年轻的主妇

我相信

昨夜

你们决不像我一样

被不停的风雨所追踪

被无止的恶梦所纠缠

你们都比我睡得好啊！

三、昨　　天

昨天

我在世界上

用可怜的期望

喂养我的日子

像那些未亡人

披着麻缕

用可怜的回忆

喂养她们的日子一样

昨天

我把自己的国土

当做病院

——而我是患了难于医治的病的

没有哪一天

我不是用迟滞的眼睛

看着这国土的

没有边际的凄惨的生命……

＋

回想到"昨夜"，正是"太阳"出现之前。留意诗人如何用一系列意象回顾自己的艰难的人生历程和祖国的悲惨历史。

＋

"病人"与"病院"相互关联，作者也将自己的命运时刻和国家的命运联系在一起。

＋

国家正在遭受种种苦难。

没有哪一天

我不是用呆钝的耳朵

听着这国土的

　没有止息的痛苦的呻吟

昨天

我把自己关在

精神的牢房里

四面是灰色的高墙

没有声音

我沿着高墙

走着又走着

我的灵魂

不论白日和黑夜

永远的唱着

一曲人类命运的悲歌

诗人面对苦难，审视
自我。

昨天

我曾狂奔在

阴暗而低沉的天幕下的

没有太阳的原野

到山巅上去

伏倒在紫色的岩石上

内心充满着对太阳的
渴望。

流着温热的眼泪

哭泣我们的世纪

现在好了

一切都过去了

＋
街道的新的气息让作
者不禁想到曾经的过
往,然而,"现在好了"
"一切都过去了"。诗
句中饱含着诗人终于
抵达希望的如释重负
与欣喜。

四、日　　出

太阳出来了……

当它来时……

城市从远方

用电力与钢铁召唤它

——引自旧作《太阳》

＋
太阳终于"出来了"。
读到这里,有什么感
觉?

太阳

从远处的高层建筑

——那些水门汀与钢铁所砌成的山

和那成百的烟囱

成千的电线杆子

成万的屋顶

所构成的

密丛的森林里

出来了……

在太平洋

在印度洋

在红海

在地中海

在我最初对世界怀着热望

而航行于无边蓝色的海水上的少年时代

我都曾看着美丽的日出

但此刻

在我所呼吸的城市

喷发着煤油的气息

柏油的气息

混杂的气息的城市

敞开着金属的胴体

矿石的胴体

电火的胴体的城市

宽阔地

承受黎明的爱抚的城市

我看见日出

比所有的日出更美丽

五、太 阳 之 歌

是的

太阳比一切都美丽

比处女

比含露的花朵

比白雪

比蓝的海水

太阳是金红色的圆体

是发光的圆体

是在扩大着的圆体

惠特曼[1]

从太阳得到启示

用海洋一样开阔的胸襟

写出海洋一样开阔的诗篇

凡谷[2]

从太阳得到启示

用燃烧的笔

十

承接上一章,放声讴歌。

1　即美国著名诗人沃尔特·惠特曼。代表作《草叶集》。

2　即荷兰著名画家梵高,代表作《向日葵》。

蘸着燃烧的颜色

画着农夫耕犁大地

画着向日葵

十

诗人用惠特曼、凡谷、邓肯的例子再一次证明,太阳比一切都美丽,还给人类带来了灵感和启示。

邓肯[1]

从太阳得到启示

用崇高的姿态

披示给我们以自然的旋律

太阳

它更高了

它更亮了

它红得像血

十

一连串的"想起",又一次打开想象的空间,尽力讴歌太阳的伟大。

太阳

它使我想起　法兰西　美利坚的革命

想起　博爱　平等　自由

想起　德谟克拉西[2]

想起　《马赛曲》《国际歌》

想起　华盛顿　列宁　孙逸仙

　　　和一切把人类从苦难里拯救出来的

1　即伊莎多拉·邓肯,美国舞蹈家,现代舞创始人。

2　为英语 democracy 的音译,即民主。

人物的名字

是的

太阳是美的

且是永生的

＋

所有曾经被不公平对待的灵魂都被太阳拯救,得到永生,诗人笔下的太阳至此"永生"。

六、太阳照在

初升的太阳

照在我们的头上

照在我们的久久地低垂着

　不曾抬起过的头上

太阳照着我们的城市和村庄

照着我们的久久地住着

　屈服在不正的权力下的城市和村庄

太阳照着我们的田野、河流和山峦

照着我们的从很久以来

　到处都蠕动着痛苦的灵魂的

　田野、河流和山峦……

＋

朝阳,生机勃勃。领起后面一连串"照在……"

＋

境界阔大,让人的思绪在诗行之间放飞。

今天

太阳的炫目的光芒

把我们从绝望的睡眠里刺醒了

＋

诗人讴歌太阳带给人们力量。注意诗人怎样将太阳的力量具体化。

也从那遮掩着无限痛苦的迷雾里

刺醒了我们的城市和村庄

也从那隐蔽着无边忧郁的烟雾里

刺醒了我们的田野,河流和山峦

我们仰起了沉重的头颅

从濡湿的地面

一致地

向高空呼嚷

"看我们

我们

笑得像太阳!"

十

太阳带来巨大的力量,激发出我们由衷的呼唤。

七、在 太 阳 下

"看我们

我们

笑得像太阳!"

十

注意,诗人笔下的这个伤兵是怎样的形象?

那边

一个伤兵

支撑着木制的拐杖

沿着长长的墙壁

跨着宽阔的步伐

太阳照在他的脸上

照在他纯朴地笑着的脸上

他一步一步地走着

他不知道我在远处看着他

当他的披着绣有红十字的灰色衣服的

　　高大的身体

走近我的时候

这太阳下的真实的姿态

我觉得

比拿破仑的铜像更漂亮

太阳照在

城市的上空

街上的人

这么多,这么多

他们并不曾向我打招呼

但我向他们走去

我看着每一个从我身边走过的人

对他们

我不再感到陌生

太阳照着他们的脸

十

耀眼的红色在这里有
什么深意?

照着他们的

　　光洁的,年轻的脸

　　发皱的,年老的脸

　　红润的,少女的脸

　　善良的,老妇的脸

和那一切的

　　昨天还在惨愁着但今天却笑着的脸

他们都匆忙地

摆动着四肢

在太阳光下

来来去去地走着

　　——好像他们被同一的意欲所驱使似的

他们含着微笑的脸

也好像在一致地说着

"我们爱这日子

不是因为我们

　　看不见自己的苦难

不是因为我们

　　看不见饥饿与死亡

我们爱这日子

是因为这日子给我们

带来了灿烂的明天的

最可信的音讯。"

十

干净简洁的语言,没有过分的修饰,塑造的是怎样的人物形象?

十

太阳的力量打动人心,让人情不自禁,作出爱的表达。

太阳光

闪烁在古旧的石桥上……

几个少女——

　　那些幸福的象征啊

背着募捐袋

在石桥上

在太阳下

唱着清新的歌

　　"我们是天使

　　健康而纯洁

　　我们的爱人

　　年轻而勇敢

　　有的骑战马

　　驰骋在旷野

　　有的驾飞机

　　飞翔在天空……"

（歌声中断了,她们在向行人募捐）

现在

她们又唱了

　　"他们上战场

　　奋勇杀敌人

　　我们在后方

＋

"清新"的歌可以看出他们怎样的情绪?

＋

大战当前,向着太阳的人们在"笑",在"唱",表达出阳光般的、乐观积极的情绪。这里能读出人民绝不屈服于外族入侵而奋起抗争的热情。

慰劳与宣传

　一天胜利了

　欢聚在一堂……"

她们的歌声

是如此悠扬

太阳照着她们的

　骄傲地突起的胸脯

和袒露着的两臂

和发出尊严的光辉的前额

她们的歌

飘到桥的那边去了……

太阳的光

泛滥在街上

浴在太阳光里的

　街的那边

一群穿着被煤烟弄脏了的衣服的工人

扛抬着一架机器

　——金属的棱角闪着白光

太阳照在

　他们流汗的脸上

当他们每一步前进时

＋

查找相关资料,了解20世纪30年代这个时期的工人是怎样的形象,作者对他们持何种态度。

他们发出缓慢而沉洪的呼声

"杭——唷

杭——唷

我们是工人

工人最可怜

贫穷中诞生

劳动里成长

一年忙到头

为了吃与穿

吃又吃不饱

穿又穿不暖

杭——唷

杭——唷

自从八一三

敌人来进攻

工厂被炸掉

东西被抢光

几千万工友

饥饿与流亡

我们在后方

要加紧劳动

为国家生产

为抗战流汗

+

具体呈现工人在阳光下劳作的景象，把劳动号子写入诗行，既是所见，也是对工人内心的感受。

一天胜利了

生活才饱暖

杭——唷

杭——唷……"

他们带着不止的杭唷声

转弯了……

太阳光

泛滥在旷场上

旷场上

成千的穿草黄色制服的士兵

　在操演

他们头上的钢盔

　和枪上的刺刀

闪着白光

他们以严肃的静默

等待着

　那及时的号令

现在

他们开步了

从那整齐的步伐声里

我听见

　"一！二！三！四！

十
如何理解诗人用"泛
滥"来形容太阳光?
十
具体呈现士兵在阳光
下操演练兵的景象。

十
把士兵的口令声写入
诗行,既是所闻,也是
对士兵内心的触摸。

一！二！三！四！

我们是从田野来的

我们是从山村来的

我们生活在茅屋

我们呼吸在畜棚

我们耕犁着田地

田地是我们的生命

但今天

敌人来到我们的家乡

我们的茅屋被烧掉

我们的牲口被吃光

我们的父母被杀死

我们的妻女被强奸

我们没有了镰刀与锄头

只有背上了子弹与枪炮

我们要用闪光的刺刀

抢回我们的田地

回到我们的家乡

消灭我们的敌人

敌人的脚踏到哪里

敌人的血流到哪里……

……

一！二！三！四！

＋
口令声里，是奋勇杀敌的勇气和决心，是对光明不断追求的坚持。

一！二！三！四！

……"

这真是何等的奇遇啊……

八、今 天

十

告别"昨夜",就是"今
天",太阳带来全新的
状态、全新的心情。

今天

奔走在太阳的路上

我不再垂着头

　把手插在裤袋里了

嘴也不再吹那寂寞的口哨

不看天边的流云

不彷徨在人行道

今天

在太阳照着的人群当中

我决不专心寻觅

那些像我自己一样惨愁的脸孔了

十

新的日子,新的精神
面貌,自由、安宁、愉
悦,满含着希望。

今天

太阳吻着我昨夜流过泪的脸颊

吻着我被人世间的丑恶厌倦了的眼睛

吻着我为正义喊哑了声音的嘴唇

吻着我这未老先衰的

啊！快要佝偻了的背脊

今天

我听见

太阳对我说

　"向我来

　从今天

　你应该快乐些呵……"

于是

被这新生的日子所蛊惑

我欢喜清晨郊外的军号的悠远的声音

我欢喜拥挤在忙乱的人丛里

我欢喜从街头敲打过去的锣鼓的声音

我欢喜马戏班的演技

　当我看见了那些原始的，粗暴的，健康的运动

　我会深深地爱着它们

　——像我深深地爱着太阳一样

今天

我感谢太阳

太阳召回了我的童年了

＋
所有的变化都表明获得了新生，于是也生发出"爱""深深地爱"。

九、我 向 太 阳

+
生动有力的词汇,可见作者此刻怎样的心情?

我奔驰

依旧乘着热情的轮子

太阳在我的头上

用不能再比这更强烈的光芒

燃灼着我的肉体

由于它的热力的鼓舞

我用嘶哑的声音

歌唱了:

　　"于是,我的心胸

　　被火焰之手撕开

　　陈腐的灵魂

　　搁弃在河畔……"

这时候

我对我所看见　所听见

感到了从未有过的宽怀与热爱

+
期盼中的光明终于到来,困难终会过去。对于作者而言,此时谈论到的死亡带有怎样的情绪?

我甚至想在这光明的际会中死去……

　　　　　　　　　　一九三八年四月　在武昌

思辨读写

1. 艾青对太阳"情有独钟",不仅多首诗写太阳,而且还自比太阳,这首诗歌中的太阳有着怎样独特的涵义?

2. 1938年4月,艾青从战火蔓延的北方回到武汉不久,便以激越而丰厚的情感创作了这首长诗。它一直被誉为抗日战争时期重要的优秀诗篇。今天读这首诗,仍然会被其真诚、热烈的情感所打动。试着选择自己喜欢的章节,朗读录音,感受自己的声音。

我爱这土地

假如我是一只鸟,

我也应该用嘶哑的喉咙歌唱:

这被暴风雨所打击着的土地,

这永远汹涌着我们的悲愤的河流,

这无止息地吹刮着的激怒的风,

和那来自林间的无比温柔的黎明……

——然后我死了,

+

为什么诗人假想自己是"一只鸟"?这是一只什么样的鸟?

+

土地、河流、风、黎明等意象组合在一起,让你想到了什么?痛苦、悲愤、激怒之后,为什么突然"温柔"了?

连羽毛也腐烂在土地里面。

十

此处笔锋一转,以设问作结,貌似不连贯,但是否给你情绪上带来了极大的激荡和冲击?

为什么我的眼里常含泪水?

因为我对这土地爱得深沉……

一九三八年十一月十七日

思辨读写

1. 在中国的诗歌传统里,鸟常常作为情感的寄托出现,比如鸳鸯、青鸟、杜鹃、鹧鸪、莺与燕、凤凰和孔雀……鸟的特征一般是飞翔、啼鸣、成群结队(或成双成对),由此衍生的是自由、灵动、聚集、团结。但是,这一切都被暴风雨打破:不能鸣叫("嘶哑的喉咙")、形单影只("一只"),甚至不能飞("死了")。请回想一下曾学过的古诗,看看这首诗中的"鸟"跟古诗中的"鸟"有怎样的反差,试着写下几条。

2. 本诗写于 1938 年 11 月,正是日寇残暴侵略,祖国山河破碎,人民蒙受苦难之时,也是中国军民团结起来奋起抗战的严峻时刻。国难当头,山河沦亡,诗歌不可避免地带上了那个时代悲壮的氛围,但是,用痛苦、悲愤、激怒,死、腐烂这些带给人坎坷、辛酸的词语来表达对祖

国、对人民、对土地的那种深深的爱，会不会给人带来

悲观的感受？请谈谈你的看法。

吹号者

好像曾经听到人家说过，吹号者的命运是悲苦的，当他
用自己的呼吸磨擦了号角的铜皮使号角发出声响的时候，
常常有细到看不见的血丝，随着号声飞出来……

吹号者的脸常常是苍黄的……

一

在那些蜷卧在铺散着稻草的地面上的困倦的人群里，

在那些穿着灰布衣服的污秽的人群里，

他最先醒来——

他醒来显得如此突兀

每天都好像被惊醒似的，

是的，他是被惊醒的，

惊醒他的

是黎明所乘的车辆的轮子

＋
诗人要赞美的是不太容易被关注的"吹号者"，小引部分用"悲苦""血丝""苍黄"等形容，有什么用意？

＋
吹号者"最先醒来"，是职责所在，也是内心"对于黎明的过于殷切的想望"。

＋
"惊醒"重复出现三次，诗人想表达什么？你从中看到了怎样的吹号者的形象？

滚在天边的声音。

他睁开了眼睛，

在通宵不熄的微弱的灯光里

他看见了那挂在身边的号角，

他困惑地凝视着它

好像那些刚从睡眠中醒来

第一眼就看见自己心爱的恋人的人

一样欢喜——

在生活注定给他的日子当中

他不能不爱他的号角；

十

此处仅仅是写号角吗？还有什么其他涵义？

号角是美的——

它的通身

发着健康的光彩，

它的颈上

结着绯红的流苏。

吹号者从铺散着稻草的地面上起来了，

他不埋怨自己是睡在如此潮湿的泥地上，

他轻捷地绑好了裹腿，

他用冰冷的水洗过了脸，

他看着那些发出困乏的鼾声的同伴，

于是他伸手携去了他的号角；

门外依然是一片黝黑，

黎明没有到来，

那惊醒他的

是他自己对于黎明的

过于殷切的想望。

他走上了山坡，

在那山坡上伫立了很久，

终于他看见这每天都显现的奇迹：

黑夜收敛起她那神秘的帷幔，

群星倦了，一颗颗地散去……

黎明——这时间的新嫁娘啊

乘上有金色轮子的车辆

从天的那边到来……

我们的世界为了迎接她，

已在东方张挂了万丈的曙光……

看，

天地间在举行着最隆重的典礼……

读到这里，想必你已经明白吹号者为什么总是早早醒来。在他的心目中，黎明有怎样的特殊含义？

作者将空间扩大，将视野置于广阔的天地间。"隆重"更显示出对"黎明"的热切期待。

二

现在他开始了，

站在蓝得透明的天穹的下面，

他开始以原野给他的清新的呼吸

吹送到号角里去，

——也夹带着纤细的血丝么？

使号角由于感激

以清新的声响还给原野，

——他以对于丰美的黎明的倾慕

吹起了起身号，

那声响流荡得多么辽远啊……

世界上的一切，

充溢着欢愉

承受了这号角的召唤……

林子醒了

传出一阵阵鸟雀的喧吵，

河流醒了

召引着马群去饮水，

村野醒了

农妇匆忙地从堤岸上走过，

旷场醒了

穿着灰布衣服的人群

从披着晨曦的破屋中出来，

拥挤着又排列着……

于是，他离开了山坡，

又把自己消失到那

无数的灰色的行列中去。

他吹过了吃饭号，

又吹过了集合号，

而当太阳以轰响的光彩

辉煌了整个天穹的时候，

他以催促的热情

吹出了出发号。

思考一下，"出发"的
方向是哪里呢？

三

那道路

是一直伸向永远没有止点的天边去的，

那道路

是以成万人的脚踩踏着

成千的车轮滚碾着的泥泞铺成的，

那道路

连结着一个村庄又连结一个村庄，

那道路

爬过了一个土坡又爬过一个土坡，

而现在

太阳给那道路镀上了黄金了，

而我们的吹号者

在阳光照着的长长的队伍的最前面，

以行进号

给前进着的步伐

做了优美的拍节……

十
排比句式，把道路与人心和希望都连在一起。这道路连接村庄、土坡，千家万户，充满阳光。而抗战的队伍，在希望的大路上，也伴着号角声，前行！

四

十
诗人曾经是画家，善于运用色彩。注意这里的"灰色"和原野上的"暗绿"之间的色彩搭配。

灰色的人群

散布在广阔的原野上，

今日的原野呵，

已用展向无限去的暗绿的苗草

给我们布置成庄严的祭坛了：

听，震耳的巨响

响在天边，

我们呼吸着泥土与草混合着的香味，

却也呼吸着来自远方的烟火的气息，

我们蛰伏在战壕里，

沉默而严肃地期待着一个命令，

像临盆的产妇

痛楚地期待着一个婴儿的诞生，

我们的心胸

从来未曾有像今天这样充溢着爱情，

在时代安排给我们的

——也是自己预定给自己的

生命之终极的日子里，

我们没有一个不是以圣洁的意志

准备着获取在战斗中死去的光荣啊！

五

于是，惨酷的战斗开始了——

无数千万的战士

在闪光的惊觉中跃出了战壕，

广大的，急剧的奔跑

威胁着敌人地向前移动……

在震撼天地的冲杀声里，

在决不回头的一致的步伐里，

在狂流般奔涌着的人群里，

＋

"战壕"里的战士们经历了怎样的心路历程？

＋

"吹号者"普通，却也是集体的一员。"吹号者"不凡，鼓舞着整个队伍。

在紧密的连续的爆炸声里，

我们的吹号者

以生命所给与他的鼓舞，

一面奔跑，一面吹出了那

短促的，急迫的，激昂的，

在死亡之前决不中止的冲锋号，

那声音高过了一切，

又比一切都美丽，

正当他由于一种不能闪避的启示

任情地吐出胜利的祝祷的时候，

他被一颗旋转过他的心胸的子弹打中了！

他寂然地倒下去

没有一个人曾看见他倒下去，

他倒在那直到最后一刻

　　都深深地爱着的土地上，

然而，他的手

却依然紧紧地握着那号角；

在那号角滑溜的铜皮上，

映出了死者的血

和他的惨白的面容；

也映出了永远奔跑不完的

　　带着射击前进的人群，

十
诗人从"吃饭号"，到"出发号"，到"行进号"，再到这里的"冲锋号"，把"吹号者"牺牲前的整个事业展现出来。表现出吹号者的悲壮。

十
在这场混乱、厮杀的战斗里，吹号者是以怎样的姿态出现的？

和嘶鸣的马匹，

和隆隆的车辆……

而太阳，太阳

使那号角射出闪闪的光芒……

听啊，

那号角好像依然在响……

一九三九年三月末

十

作者在这里重复写"太阳"有什么深意？

思辨读写

1. 在战争年代里，号角和军旗同是一个部队不可或缺的圣物，但是号角从来不是让人顶礼膜拜的象征物，吹号者也没有吸引更多目光。诗人独具慧眼，塑造了一个具有时代性的吹号者的形象，请思考：他身上具有哪些特点？作者为什么会在结尾处执着地写道"号角好像依然在响"？

2. 艾青的诗歌是朴素的，自然地写出自我，有人认为：吹号者的形象象征了诗人自己。你同意吗？说说你的见解。

他死在第二次

一、舁　　床

等他醒来时

他已睡在舁床上

他知道自己还活着

两个弟兄抬着他

他们都不说话

天气冻结在寒风里

云低沉而移动

风静默地摆动树梢

他们急速地

抬着舁床

穿过冬日的林子

经过了烧灼的痛楚

他的心现在已安静了

像刚经过了可怕的恶斗的战场

现在也已安静了一样

然而他的血

从他的臂上渗透了绷纱布

依然一滴一滴地

淋滴在祖国的冬季的路上

就在当天晚上

朝向和他的异床相反的方向

那比以前更大十倍的庄严的行列

以万人的脚步

擦去了他的血滴所留下的紫红的斑迹

十

该怎样理解"擦"字所蕴含的情感？

二、医　　院

我们的枪哪儿去了呢

还有我们的涂满血渍的衣服呢

另外的弟兄戴上我们的钢盔

我们穿上了绣有红十字的棉衣

我们躺着又躺着

看着无数的被金属的溶液

和瓦斯的毒气所啮蚀过的肉体

十

和受伤的战友一起躺在医院。

每个都以疑惧的深黑的眼

和连续不止的呻吟

迎送着无数的日子

像迎送着黑色棺材的行列

在我们这里

没有谁的痛苦

会比谁少些的

大家都以仅有的生命

为了抵挡敌人的进攻

迎接了酷烈的射击——

我们都曾把自己的血

流洒在我们所守卫的地方啊……

但今天,我们是躺着又躺着

人们说这是我们的光荣

十
此时的战士们有怎样
的复杂心理?

我们却不要这样啊

我们躺着,心中怀念着战场

比怀念自己生长的村庄更亲切

我们依然欢喜在

烽火中奔驰前进呵

而我们,今天,我们

竟像一只被捆绑了的野兽

呻吟在铁床上

——我们痛苦着，期待着

要到何时呢？

三、手

每天在一定的时候到来

那女护士穿着白衣，戴着白帽

无言地走出去又走进来

解开负伤者的伤口的绷纱布

轻轻地扯去药水棉花

从伤口洗去发臭的脓与血

纤细的手指是那么轻巧

我们不会有这样的妻子

我们的姊妹也不是这样的

洗去了脓与血又把伤口包扎

那么轻巧，都用她的十个手指

都用她那纤细洁白的手指

在那十个手指的某一个上闪着金光

那金光晃动在我们的伤口

也晃动在我们的心的某个角落……

她走了仍是无言地

她无言地走了后我看着自己的一只手

这是曾经拿过锄头又举过枪的手

＋
战争带来的痛苦没有因为他们的勇敢而减少半分。他们在痛苦中等待着新生或者死亡。

＋
战争的残酷，用女护士护理伤员的情形来表现。诗人不断强调护士的手纤细、轻巧，你能理解他这样写的用意吗？

为劳作磨成笨拙而又粗糙的手

现在却无力地搁在胸前

长在负了伤的臂上的手啊

看着自己的手也看着她的手

想着又苦恼着，

苦恼着又想着，

究竟是什么缘分啊

这两种手竟也被搁在一起？

四、愈　　合

十

战士伤愈。重回战
场。注意诗人如何表
现战士的心情变化。

时间在空虚里过去

他走出了医院

像一个囚犯走出了牢监

身上也脱去笨重的棉衣

换上单薄的灰布制服

前襟依然绣着一个红色的十字

自由，阳光，世界已走到了春天

无数的人们在街上

使他感到陌生而又亲切啊

太阳强烈地照在街上

从长期的沉睡中惊醒的

生命，在光辉里跃动

人们匆忙地走过

只有他仍是如此困倦

谁都不曾看见他——

一个伤兵，今天他的创口

已愈合了，他欢喜

但他更严重地知道

这愈合所含有的更深的意义

只有此刻他才觉得

自己是一个兵士

一个兵士必须在战争中受伤

伤好了必须再去参加战争

他想着又走着

步伐显得多么不自然啊

他的脸色很难看

人们走着，谁都不曾

看见他脸上的一片痛苦啊

只有太阳，从电杆顶上

伸下闪光的手指

抚慰着他的惨黄的脸

那在痛苦里微笑着的脸……

十

他"困倦"的原因是什么？

十

孤独的战士并没有得到他人的理解，只有这些许的光带给他精神的慰藉。

五、姿　态

＋
注意此处的"灰布衣
服"，读到后面的"草
绿色军服"时，想一想
诗人的用意。

他披着有红十字的灰布衣服

让两襟摊开着，让两袖悬挂着

他走在夜的城市的宽直的大街上

他走在使他感到陶醉的城市的大街上

四周喧腾的声音，人群的声音

车辆的声音，喇叭和警笛的声音

在紧迫地拥挤着他，推动着他，刺激着他，

在那些平坦的人行道上

在那些炫目的电光下

在那些滑溜的柏油路上

在那些新式汽车的行列的旁边

在那些穿着艳服的女人面前

他显得多么褴褛啊

而他却似乎突然想把脚步放宽些

（因为他今天穿有光荣的袍子）

＋
灯红酒绿、人潮涌动
的世界，越是想融入，
越衬托出士兵与周身
环境的巨大反差。注
意诗人如何塑造战士
的形象。

他觉得他是应该

以这样的姿态走在世界上的

也只有和他一样的人才应该

以这样的姿态走在世界上的

然而,当他觉得这样地走着

——昂着头,披着灰布的制服,跨着大步

感到人们的眼都在看着他的脚步时

他的浴在电光里的脸

却又羞愧地红起来了

为的是怕那些人们

已猜到了他心中的秘密——

其实人家并不曾注意到他啊

＋

他心中的秘密到底是
什么呢?

六、田　　野

这是一个晴朗的日子

他向田野走去

像有什么向他招呼似的

＋

这种神秘的力量到底
来自哪里呢?

今天,他的脚踏在

田堤的温软的泥土上

使他感到莫名的欢喜

他脱下鞋子

把脚浸到浅水沟里

又用手拍弄着流水

多久了——他生活在

由符号所支配的日子里

而他的未来的日子

也将由符号去支配

但今天，他必须在田野上

就算最后一次也罢

找寻那向他招呼的东西

那东西他自己也不晓得是什么

+
此处他看见的和前面看见的有明显的不同，你感受到了吗？

他看见了水田

他看见一个农夫

他看见了耕牛

一切都一样啊

到处都一样啊

——人们说这是中国

树是绿了，地上长满了草

那些泥墙，更远的地方

那些瓦屋，人们走着

——他想起人们说这是中国

他走着，他走着

这是什么日子呀

+
兵士在田野的快乐与在城市里的窘迫形成对比。在诗人的诗歌创作中，士兵对土地和田野有着天然的亲近感。

他竟这样愚蠢而快乐

年节里也没有这样快乐呀

一切都在闪着光辉

到处都在闪着光辉

他向那正在忙碌的农夫笑

他自己也不晓得为什么笑

农夫也没有看见他的笑

七、一　瞥

沿着那伸展到城郊去的

林荫路,他在浓蓝的阴影里走着

避开刺眼的阳光,在阴暗里

他看见:那些马车,轻快地

滚过,里面坐着一些

穿得那么整齐的男女青年

从他们的嘴里飘出笑声

和使他不安的响亮的谈话

他走着,像一个衰惫的老人

慢慢地,他走近一个公园

在公园的进口的地方

在那大理石的拱门的脚旁

他看见:一个残废了的兵士

他的心突然被一种感觉所惊醒

于是他想着:或许这残废的弟兄

比大家都更英勇,或许

他也曾愿望自己葬身在战场

但现在,他必须躺着呻吟着

十

这样的感受士兵也曾有过,但他仍然不畏惧战场,甚至希望自己以更英勇的姿态出现,可见他的大无畏精神。这也注定了他最终的结局。

94

呻吟着又躺着

过他生命的残年

啊，谁能忍心看这样子

谁看了心中也要烧起了仇恨

让我们再去战争吧

让我们在战争中愉快地死去

却不要让我们只剩了一条腿回来

哭泣在众人的面前

伸着污秽的饥饿的手

求乞同情的施舍啊！

八、递　　换

十
"红十字"制服和"草绿色"军装有什么深层的涵义？

他脱去了那绣有红十字的灰布制服

又穿上了几个月之前的草绿色的军装

那军装的血渍到哪儿去了呢

而那被子弹穿破的地方也已经缝补过了

他穿着它，心中起了一阵激动

这激动比他初入伍时的更深沉

他好像觉得这军装和那有红十字的制服

有着一种永远拉不开的联系似的

他们将永远穿着它们，递换着它们

是的，递换着它们，这是应该的

一个兵士,在自己的

祖国解放的战争没有结束之前

这两种制服是他生命的旗帜

这样的旗帜应该激剧地

飘动在被践踏的祖国的土地上……

九、欢　　送

以接连不断的爆竹声作为引导

以使整个街衢都激动的号角声作为引导

以挤集在长街两旁的群众的呼声作为引导

让我们走在众人的愿望所铺成的道上吧

让我们走在从今日的世界到明日的世界的道上吧

让我们走在那每个未来者都将以感激来追忆的

　道上吧

我们的胸膛高挺

我们的步伐齐整

我们在人群所砌成的短墙中间走过

我们在自信与骄傲的中间走过

我们的心除了光荣不再想起什么

我们除了追踪光荣不再想起什么

我们除了为追踪光荣而欣然赴死不再

　想起什么……

十

永恒的梦想,在追逐
的路上,需要付出血
的代价,这是"我们"
的赤子之心。

十、一 念

+
这是触及灵魂的追问,开启作者关于生、死、自然的哲理性思索。

你曾否知道

死是什么东西?

——活着,死去,

虫与花草

也在生命的蜕变中蜕化着……

这里面,你所能想起的

是什么呢?

当兵,不错,

把生命交给了战争

死在河畔!

死在旷野!

冷露凝冻了我们的胸膛

尸体腐烂在野草丛里

多少年代了

人类用自己的生命

肥沃了土地

又用土地养育了

自己的生命

谁能逃避这自然的规律

——那么,我们为这而死

+
再次追问死亡的价值和意义。

又有什么不应该呢?

背上了枪

摇摇摆摆地走在长长的行列中

你们的心不是也常常被那

比爱情更强烈的什么东西所苦恼吗?

当你们一天出发了,走向战场

你们不是也常常

觉得自己曾是生活着,

而现在却应该去死

——这死就为了

那无数的未来者

能比自己生活得幸福么?

一切的光荣

一切的歌赞

又有什么用呢?

假如我们不曾想起

我们是死在自己圣洁的志愿里?

——而这,竟也是如此不可违反的

民族的伟大的意志呢?

＋
终极思考的答案在哪
里? 诗人给出了回答。

十一、挺　　进

挺进啊,勇敢啊

上起刺刀吧,兄弟们

把千万颗心紧束在

同一的意志里:

为祖国的解放而斗争呀!

什么东西值得我们害怕呢——

当我们已经知道为战斗而死是光荣的?

挺进啊,勇敢啊

朝向炮火最浓密的地方

朝向喷射着子弹的堑壕

看,胆怯的敌人

已在我们驰奔直前的步伐声里颤抖了!

挺进啊,勇敢啊

屈辱与羞耻

是应该终结了——

我们要从敌人的手里

夺回祖国的命运

只有这神圣的战争

能带给我们自由与幸福……

十

为祖国的解放而斗争,正是无数个"他"不惧牺牲、英勇献身的原因。

挺进啊，勇敢啊

这光辉的日子

是我们所把握的！

我们的生命

必须在坚强不屈的斗争中

才能冲击奋发！

兄弟们，上起刺刀

勇敢啊，挺进啊！

十二、他 倒 下 了

竟是那么迅速

不容许有片刻的考虑

和像电光般一闪的那惊问的时间

在燃烧着的子弹

第二次——也是最后一次呵——

穿过他的身体的时候

他的生命

曾经算是在世界上生活过的

终于像一株

被大斧所砍伐的树似的倒下了

在他把从那里可以看着世界的窗子

那此刻是蒙上喜悦的泪水的眼睛

十

诗人至此反复三次"挺进啊，勇敢啊"，有什么意图？你能否读出这里既是呼喊，又是赞美？这样激昂的情绪，到底是为了什么？

十

战士死在了"第二次"。一个无名战士倒下了，他为民族解放而献身，完成了平凡而伟大的一生。

永远关闭了之前的一瞬间

他不能想起什么

——母亲死了

又没有他曾亲昵过的女人

一切都这么简单

十
"不晓得"与"只晓得"
对比,强调战士的价
值。

一个兵士

不晓得更多的东西

他只晓得

他应该为这解放的战争而死

当他倒下了

他也只晓得

十
读到此处,想一想:
士兵的信仰是什么?
保家卫国,知道"倒
下"时"躺着的是祖国
的土地",是一种什么
样的情怀?

他所躺的是祖国的土地

——因为人们

那些比他懂得更多的人们

曾经如此告诉过他

不久,他的弟兄们

又去寻觅他

——这该是生命之最后一次的访谒

但这一次

他们所带的不再是异床

而是一把短柄的铁铲

也不曾经过选择

人们在他所守卫的

河岸不远的地方

挖掘了一条浅坑……

在那夹着春草的泥土

覆盖了他的尸体之后

他所遗留给世界的

是无数的星布在荒原上的

可怜的土堆中的一个

在那些土堆上

人们是从来不标出死者的名字的

——即使标出了

又有什么用呢?

一九三九年春末

+

没有名字,大概是最
难书写的牺牲。正是
无数无名英雄铸就了
伟大的胜利。

思辨读写

1. 这是一首叙事长诗,写一个普通士兵在抗日战争中从
   受伤到第二次奔赴前线战死的经过。这首诗不是仅仅
   叙述故事,而是深层地剖析了这个士兵的心理活动和

感情变化,以及对战争和生命意义的感悟。对于士兵而言,他们恐惧的从来不是战争和死亡,那么,他们怕什么呢?

2. 第十章《一念》写到了闪现的绚丽的智慧火花,是全诗的精神支点。这一章蕴含了诗人对人生价值的思考,他把人生、生与死、生生不息的大自然规律,综合在一起进行哲学的解读。请再仔细读一读,思考一下,作者认为生命的终极价值应该是怎样的?

第二辑

20世纪40年代

火　把

一、邀

十
女青年李茵提醒唐尼
时间到了,催促她快
点。平常的生活小
事,以唐尼梳头、换
衣、擦脸等女青年十
分在意形象的生活琐
事入诗,以对话的形
式展开,十分新颖,独
特。注意:这是一首
叙事诗。

"唐尼　时候到了
快点吧"

"李茵
你坐下
我梳一梳头
换一换衣
…………
你看我的头发
这么乱
　　我的梳子
　　哪儿去了?"

"你的梳子
刚才我看见的

107

它夹在《静静的顿河》[1]里"

"啊　头发都打了结

以后我不再打篮球了

……今天下午

我沿着那小河回来

看见河边搁着

一个淹死了的伤兵

涨着肚子没有人去理会

……今天我一定要倒霉"

"唐尼　时候到了

快点吧"

十
反复催促。这里能感
受到人物形象的不
同。

"好　你别急

我换一换衣

——这制服又忘了烫

算了吧

反正在晚上

……李茵

你看我又胖了

这衣服真太紧

1　苏联作家肖洛霍夫的长篇小说，俄罗斯文坛上的一部不朽巨著。肖洛霍夫因此书获得了1965年的
　　诺贝尔文学奖。

差点儿要挣破

前年在汉口

我也穿了这制服

参加游行的"

+
注意：这句催促的话
语发生了变化。

"快点吧　时候到了

别再说话"

"李茵　你真急

我还要擦一擦脸

这油光真讨厌——"

"你跑那边去找什么？

找什么？唐尼！

　　你的粉盒

　　　　压在《大众哲学》上

　　你的口红

　　　　躺在《论新阶段》一起。"

+
梳子夹在《静静的顿
河》里，粉盒压在《大
众哲学》上，口红躺在
《论新阶段》一起……
这是一位怎样的女青
年呢？

"李茵！"

+
再次催促。生活化的
语言，诗的表达。

"快点吧　唐尼

七点三刻了"

"好

我穿好鞋子马上跑

到八点集合

来得及"

"我的鞋拔呢?"

"在你哥哥的照像的旁边"

＋
这里指照片。

"啊　哥哥

假如你还活着

今晚上

你该多么快活!"

＋
哥哥的生命又与什么
连在一起呢?

"唐尼

今晚上

你真美丽"

"李茵

你再说我不去了"

"你不去也好

留在家里可以睡觉"

"好了　走吧

妈　你来把门闩上

今晚上

我很迟才回来"

（一个老迈的声音从里面传出）

"尼尼　孩子

今晚上天很黑

别忘了带电筒"

+
与妈妈口语化的对话，十分亲切。此时的火把是照亮回家之路的照明工具，你还从中读出了什么意味？

"不要　妈

今晚上

我带火把回来"

二、街　　上

"今夜的电灯好像

特别亮　你看那街上

这么多人　这么多人！

好像被什么旋风刮出来的

哪儿来的这么多人？

这城市　哪儿来的

这么多人？他们

都到哪儿去？啊　是的

他们也去参加火炬游行……

那些工人　那些女工

那些店员　那些学生

那些壮丁　那些士兵

都来了　都来了

所有的人都来了

我们的校工也来了

我们的号兵也来了

那么多的旗　那么多的标语……

还有那些宣传画　那么大；

红的　白的　黄的　蓝的旗……

领袖们的肖像　被举在空中。

啊　看那边：　还要多　还要多

他们跑起来了　都跑起来了，

有的赶不上了　落下了……

你看：　那个黄脸的号兵

晃郎着号角气都喘不过来；

那些学生唱起歌来了：

　　起来

　　不愿做奴隶的人们……

他们跑得多么快啊

＋

参加火炬游行的人数
众多，他们的身份涉
及各行各业，参与面
广泛，影响力巨大。

他们去远了　去远了……"

"唐尼　时间到了

我们到公共体育场去集合吧

我们赶快

从这小巷赶上去!"

三、会　　场

"她们都到了　她们都到了

赖英的头上打了一个丝结

她们都到了　大家都到了

何慧芳的眼镜在发亮

大家都到了　连那些小的也来了

刘桃芬　康素琴　李娟

啊　你们都来了　我们迟了

我们迟了　我们是从小巷赶来的

台上的煤气灯

照得这会场像白天

你这制服哪儿做的?

同你的身体很合适

我的是前年在汉口做的

太紧了　小得叫人闷气

今晚倒还凉

　　　　　毛英华

你的皮鞋擦得好亮

　　　　　啊

那么多工人　那么多　你们看

每只手像一个木榔头

脸上是煤灰　像从烟囱里出来的

他们都瞪着眼在看什么？他们

都张着嘴在等什么？他们

都一动不动的在想什么？他们

朝我们这边看了　朝我们这边看了

那些眼睛像在发怒的

像在发怒的看着我们

啊　我真怕他们那些眼睛

　　　　　　　　这边

这边全是学生　全是

那个胖家伙跌了跤了

你们看：　写信给彭菲灵的

就是他

　　　写信给邓健的

也是他

　　　听说他的体重有两百零五磅

　　　　　　　真可怕

＋
留意看诗人如何从多
个层面呈现游行场面
的浩大。

这是什么学校的

蠢样子　个个都那么呆

那个打旗的像要哭出来

他们乱了　前面的踏着后面的脚

我们退后面一点　排好

　　　　　　　　李茵哪儿去了？

你看见李茵在哪里？

啊　看见了

　　　　　　她和那抗宣队的在一起

为什么脸上显得那么忧愁

她又笑了　她来了……

十

唐尼内心受到感染，
主动说和李茵一起。

李茵来！

　　　　我和你一起！

他们也来了　他也来了

他为什么低着头　像在想着什么？

他也想什么？　那么困苦的想什么？

他抬起头了　他在找……

他看见了　但他又把头低下去

十

他是谁？唐尼为什么
会关注到他们中的
"他"？

他为什么低着头　像在想着什么？

115

李茵　你在这里等一下

我去看看他"

"克明　我和你说几句话

克明　你好么?"

"我很好——

你有什么话

请快点说吧"

"我不是要来和你吵架

我问你:

我写了三封信给你　你为什么不理?"

"唐尼　这几天

我正在忙着筹备今夜的大会

而且你的信

只说你有点头痛

只说讨厌这天气

对于这些事我有什么办法呢

而且我已不止劝过你一次……"

"而且

＋

唐尼特意找克明说话,她与克明是什么关系呢? 同样来到会场,从唐尼与克明二人的对话中,你是否可以体会出唐尼与李茵两位女青年在这一时期的人生追求?

你正忙于交际呢!"

"什么意思?"

"这只有你自己最清楚。"
(人们在她和他之间走过
　　又用眼睛看看他们的脸)
"明天再好好谈吧
或者——我写一封长信给你
播音筒已在向台前说话"
　　(一个声音在空气中震动)
"开会!"

四、演　　说

煤油灯从台上

发光　演说的人站在台上

向千万只耳朵发出宣言。

他的嘴张开　声音从那里出来

他的手举起　又握成拳头

他的拳头猛烈地向下一击

嘴里的两个字一齐落下:"打倒!"

他的眼睛在灯光下闪烁

像在搜索他所摹拟的敌人

他的声音慢慢提高

他的感情慢慢激昂

他的心像旷场一样阔宽

他的话像灯光一样发亮

无数的人群站在他的前面

无数的耳朵捕捉他的语言

这是钢的语言　矿石的语言

或许不是语言　是一个

铁锤拼打在铁砧上

也或许是一架发动机

在那儿震响　那声音的波动

在旷场的四周回荡

在这城市的夜空里回荡

这是电的照耀

这是火的煽动

这是煽起火焰的狂风

这是暴怒了的火焰

这是一种太沉重的捶击

每一下都捶在我们的心上

这是一阵雷从空中坠下

这是一阵暴风雨

吹刮过我们所站的旷场

这是一种可怕的预言

这是一种要把世界劈成两半的宣言

这是一种使旧世界流泪忏悔的力量

这不是语言　这是

一架发动机在鸣响

这是一个铁锤击落在铁砧上

这是矿石的声音

这是钢铁的声音

这声音像飓风

它要煽起使黑夜发抖的叛乱

听呵　这悠久而沉洪

喧闹而火烈的

群众的欢呼鼓掌的浪潮……

五、"给我一个火把"

＋
聚焦"火把",直接呈现火把游行的浩大场面。

火把从那里出来了

火把一个一个地出来了

数不清的火把从那边来了

美丽的火把

耀眼的火把

热情的火把

金色的火把

炽烈的火把

人们的脸在火光里

显得多么可爱

在这样的火光里

没有一个人的脸不是美丽的

火把愈来愈多了

愈来愈多了　愈来愈多了

火把已排成发光的队伍了

火把已流成红光的河流了

火光已射到我们这里来了

火光已射到我们的脸上了

你们的脸在火光里真美

你们的眼在火光里真亮

你们看我呀我一定也很美

我的眼一定也射出光彩

因为我的血流得很急

因为我的心里充满了欢喜

让我们跟着队伍走去

跟着队伍到那边去

到那火把出来的地方去

＋
这是火的世界,光的世界,人们已经被这火光照亮。注意火把对各种人的影响。

到那喷出火光的地方去

快些去　快些去　快去

去要一个火把……

"给我一个火把!"

"给我一个火把!"

"给我一个火把!"

你们看

我这火把

亮得灼眼啊……

这是火的世界……

这是光的世界……

+
个人被集体所感染，
主动加入"火的世界，
光的世界"。

六、火 的 出 发

"火把的烈焰

赶走了黑夜"

+
采用反复的手法，强
化诗的节奏，增强诗
的画面感，也激发情
感。

把火把举起来

把火把举起来

把火把举起来

每个人都举起火把来

一个火把接着一个火把

无数的火把跟着火把走

慢慢地走整齐地走

一个紧随着一个

每个都把火把

举在自己的前面

让火光照亮我们的脸

照亮我们的

        昨天是愁苦着

        今天却狂喜着的脸

照亮我们的

        每一个都像

        基督一样严肃的脸

照亮我们的

        昂起着的胸部

        ——那里面激荡着憎与爱的血液

照亮我们的脚

        即使脚踝流着血

        也不停止前进的脚

让我们火把的光

照亮我们全体

        没有任何的障碍

        可以阻拦我们前进的全体

+

火把对人的影响，由表及里，触及人的内心。

+

火把对人的影响，由个体到全体，由人到城市。

照亮我们这城市

和它的淌流过正直人的血的街

照亮我们的街

和它的两旁被炸弹所摧倒的房屋

照亮我们的房屋

和它的崩坍了的墙

和狼藉着的瓦砾堆

让我们的火把

照亮我们的群众

挤在街旁的数不清的群众

挤在屋檐下的群众

站满了广场的群众

让男的　女的　老的　小的

都以笑着的脸

迎接我们的火把

让我们的火把

叫出所有的人

叫他们到街上来

让今夜

这城市没有一个人留在家里

十
浩大的场面。　　　让所有的人

都来加入我们这火的队伍

让卑怯的灵魂

腐朽的灵魂

发抖在我们火把的前面

让我们的火把

照出懦弱的脸

畏缩的脸

在我们火光的监视下

让犹大抬不起头来

让我们每个都成为帕罗美修斯[1]

从天上取了火逃向人间

让我们的火把的烈焰

把黑夜摇坍下来

把高高的黑夜摇坍下来

把黑夜一块一块地摇坍下来

把火把举起来

---

[1] 帕罗美修斯，即普罗米修斯，是希腊神话中泰坦神族的神明之一，是第一位在天界偷取火种来到人世造福人群的天神。

把火把举起来

把火把举起来

每个人都举起火把来

七、宣传卡车

那被绳子牵着的

是汉奸

  那穿着长袍马褂

戴着瓜皮帽的

是操纵物价的奸商

  那脸上涂了白粉

眉眼下垂 弯着红嘴的

是汪精卫

  那女人似的笑着的

是汪精卫

那个鼻子下有一撮小胡子的

日本军官

  搂着一个

中国农夫的女人

那个女人

像一头被捉住的母羊似的叫着又挣扎着

那军官的嘴

        像饿了的狗看见了肉骨头似的

        张开着

那个女人

        伸出手给那军官一个巴掌

那个汪精卫

        拉上了袖子

        用手指指着那女人的鼻子

        骂了几句

那个汪精卫

        在那军官的前面跪下了

那个汪精卫

        花旦似的

        向那日本军官哭泣

那日本军官

        拍拍他的头又摸摸他的脸

那个汪精卫

        女人似的笑了

他起来坐在那军官的腿上

他给那军官摸摸须子

他把一只手环住了那军官的颈

他的另一只手拿了一块粉红色的手帕

他用那手帕给那军官的脸轻轻地抚摸

+
注意"汪精卫"和"日本军官"的表现。

那军官的脸是被那女人打红了的

那军官就把他抱得紧紧地

那军官向那汪精卫要他手中的手帕

那军官在汪精卫涂了白粉的脸上香了一下

那汪精卫撒着娇

       把那手帕轻轻地在日本军官的前面抖着

那日本军官一手把那手帕抢了去

那手帕上是绣着一个秋海棠叶的图案的

那军官张开血红的嘴

      大笑着　　大笑着

那军官从裤袋里摸出几张钞票

给那个汪精卫

那军官拍拍他的脸

又用嘴再在那脸上香了一下

四个中国兵　走拢来　走拢来

用枪瞄准他们

瞄准那个日本军官　瞄准奸商　汉奸

  瞄准汪精卫

在四个兵一起的

      是工人　农人　学生

他们一齐拥上去

      把那些东西扭打在地上

连那个女人都伸出了拳头

那个农夫又给那个跪着求饶的汪精卫猛烈的一脚

那个学生向着街旁的群众举起了播音筒

"各位亲爱的同胞！我们抗战已经三年！

敌人愈打愈弱　我们愈打愈强

只要大家能坚持抗战！坚持团结！

反对妥协　肃清汉奸

动员民众　武装民众

最后的胜利一定属于我们！"

八、队　　伍

这队伍多么长啊　多么长

好像把这城市的所有的人都排列在里面

不　好像还要多　还要多

好像四面八方的人都已从远处赶来

好像云南　贵州　热河　察哈尔的都已赶来

好像东三省　蒙古　新疆　绥远的都已赶来

好像他们都约好今夜在这街上聚会

一起来排成队　看排起来有多么长

一起来呼喊　看叫起来有多么响

我们整齐地走着　整齐地喊

每人一个火把　举在自己的前面

＋
队伍越来越壮大，火炬游行的影响力越来越大。

融融的火光啊　一直冲到天上

把全世界的仇恨都燃烧起来

我们是火的队伍

我们是光的队伍

软弱的滚开　卑怯的滚开

让出路　让我们中国人走来

昏睡的滚开　打呵欠的滚开

当心我们的脚踏上你们的背

滚开去——垂死者　苍白者

当心你们的耳膜　不要让它们震破

我们来了　举着火把　高呼着

用霹雳的巨响　惊醒沉睡的世界

十

注意"火的世界,光的
世界"与"火的队伍,
光的队伍"之间的联
系。

我们是火的队伍

我们是光的队伍

人愈走愈多　队伍愈排愈长

声音愈叫愈响　火把愈烧愈亮

我们的脚踏过了每一条街每一条巷

我们用火光搜索黑暗

把阴影驱赶

卫护我们前进

我们是火的队伍

我们是光的队伍

这队伍多么长啊　多么长

好像全中国的人都已排列在里面

我们走过了一条街又一条街

我们叫喊一阵又歌唱一阵

我们的声音和火光惊醒了一切

黑夜从这里逃遁了

哭泣在遥远的荒原

十

这是用火把,用光明
把黑暗驱赶到远郊那
遥远的荒原的故事。

九、来

你们都来吧

你们都来参加

不论站在街旁

还是站在屋檐下

你们都来吧

你们都来参加

女人们也来

130

抱着小孩的也来

大家一起来

一起来参加

来喊口号　来游行

来举起火把

来喊口号　来游行

来举起融融的火把

把我们的愤怒叫出来

把我们的仇恨烧起来

十、散　　队

＋
展现游行的大规模、
大范围。

我们已走遍了这城市的东南西北

我们已走遍了这城市的大街小巷

"李茵　我们已到这么远的地方。

现在我们得回去　队伍散了……

但是　你看　那些人仍旧在呼唱

他们都已在兴奋里变得癫狂

每个人都激动了　全身的血在沸腾

李茵　刚才火把照着你狂叫着的嘴

我真害怕　好像这世界马上要爆开似的

好像一切都将摧毁　连摧毁者自己也摧毁"

"唐尼　你看见的么　我真激动

好像全身的郁气都借这呼叫舒出了

唐尼　你的脸　也很异样

告诉我　唐尼

当那洪流般的火把摆荡的时候

你曾想起了什么？看见了什么？"

"李茵　那真是一种奇迹——

当我看见那火把的洪流摆荡的时候

的确曾想起了一种东西

看见了一种东西

一种完全新的东西

我所陌生的东西……"

唐尼在火炬游行队伍
中想起的、看见的一
种全新的、陌生的东
西究竟是什么呢？请
关注唐尼的内心变
化。

十一、他 不 在 家

"真的　李茵

你见到克明么

在那些走在前面的队伍里

你见到克明么

那些学生没有一刻是安静的

游行中受到强烈感染
和冲击，可是又要寻
找克明。这样表现人
物感情变化，显得真
实可信。

他们把口号叫得那么响

又把火把举得那么高

他们每个都那么高大　那么粗野

好像要把这长街

当做他们的运动场

火把照出他们的汗光

我真怕他们

他们好像已沿着这城墙走远……

但是　李茵

当队伍散开的时候

你见到克明么"

"他一定从那石桥回去了

这里离他住的地方

不是只要转一个弯么

我陪你去看他"

一〇三

一〇五

一〇七号——到了

"打门吧

(TA! TA! TA!)

他不在家"

十二、一个声音在心里响

"你在哪里？你在哪里？

这么大的地方哪儿去找你呢？

这么多的人怎能看到你呢？

这么杂乱的声音怎能叫你呢？

我举着火把来找你

你在哪里？你在哪里？

今夜多么美　你在哪里？

你在哪里？我的脸发烫

我的心发抖　你在哪里？

我举着火把来找你

你在哪里？你在哪里？

这么多人没有一个是你

这么多火把过去都没有你

这么多火光照着的脸都不是你

我举着火把来找你

十
注意后面这句单独成节，不断反复。想一想，它有什么表达效果？

我要看见你！我要看见你！

我要在火光里看见你……

我要用手指抚摸你的脸　你的发

我的这手指不能抚摸你一次么？

我举着火把来找你

无论如何　我要看见你啊

我要见你　听你一句话

只一句话：'爱与不爱'

你在哪里？你在哪里？"

十三、那　是　谁

"唐尼　他来了

从十字街口那边转弯

来了。克明来了

你看　前额上闪着汗光

他举着火把走来了……"

十

一连串的疑问，表现
强烈的内心冲击。

"那是谁？那是谁？

和他一起走来的

那是谁？那穿了草绿色的裙装的

女子是谁？那头发短得像马鬃的
女子是谁？那大声地说着话的
又大声地笑着的女子是谁？
那走路时摇摆着身体的
女子是谁？那高高地挺起胸部的
女子是谁？

她在做什么？做什么？
她指手画脚地在做什么？
她在说什么？说什么？
她在和他大声地说着什么？
她在说什么？还是在辩论什么？
你听　她在说什么？那么响：

　　'目前——我们的

　　工作——开展……

　　主观上的弱点——

　　正在克服……

　　目前——我们

　　激烈地批判——

　　残留着的

　　小资产阶级的

　　劣根性……

以及——妨碍工作的

恋爱……

受到了无情的

打击！

目前——我们的

工作——开展……'

他们走近来了……

他们走近来了……李茵——

我们——”

“唐尼　让我

向他们打招呼……”

“不要！

李茵　我头昏

我们从这小巷回去吧”

今夜　你们知道

谁的火把

最先熄灭了

又从那无力的手中

滑下？

十

个人感情在时代大潮
中受到影响。

十四、劝　　一

"唐尼　我在火光里

看见了你的眼泪

唐尼　这样的夜

你不感到兴奋么　唐尼

唐尼　你不应该

在大家都笑着的时候哭泣

唐尼　爱情并不能医治我们

却只有斗争才把我们救起　唐尼

你应该记起你的哥哥

才五六年　你应该能够记起

唐尼　不要太渴求幸福

当大家都痛苦的时候

个人的幸福是一种耻辱　唐尼

唐尼　只要我们眼睛一睁开

就看见血肉模糊的一团……

假如你还有热情　还有人性

你难道忍心一个人去享乐？

我们有太多的事情要做

你怎么应该哭　唐尼

你要尊敬你的哥哥

为了他而敛起眼泪

唐尼　你是他的妹妹

如你都忘了他

谁还能记得他呢

唐尼　坐下来

在这河边坐下来

让我好好和你说……"

"李茵

请把你的火把

吹熄吧"

"好的——

我有火柴

随时可以点着它"

"这样

倒舒服些……"

十

根据前面诗句中李茵的话语，你是否可以续写省略号里李茵想要与唐尼好好说说的内容？

十五、劝　　二

"我还有好些事要告诉你……"

　　　　　——《圣经·新约·约翰福音》十六章十二节

"唐尼　现在让我告诉你

我也是哭泣过的　两年前

我曾爱过一个军官

我们一起过了美满的一个月

但他却把我玩了又抛掉了

我曾哭过一个星期

你知道　我是一个人

从沦陷了的家乡跑出来的

(几个人举着火把

从她们前面过去……)

"认识我的人们

在我幸福时

他们妒忌我

在我不幸时

他们嘲笑我

假如我没有勇气抵抗那些

冷酷的眼和恶毒的嘴

我早已自杀了

"但我很快就把心冷静下来

——我不怨他　我们这年头

谁能怨谁呢　我只是

拼命看书——我给你的那些书

都是那时买的。我变得很快

我很快就胖起来。完全像两个人

心里很愉快。我发现自己身上

好像有一种无穷的力。我非常

渴望工作。我热爱人生——

（几个人举着火把过去）

"生命应该是永远发出力量的机器

应该是一个从不停止前进的轮子

人生应该是

一种把自己贡献给群体的努力

一种个人与全体取得

调协的努力

……我们应该宝贵生命

不要把生命荒废

+
李茵用自己的人生经历劝导唐尼。读书让人进步，读书给人向上的力量，读书也是李茵发生变化的关键所在，此处与诗开头写到唐尼的梳子、粉盒、口红等与书放在一起相呼应。

（几个人举着火把

从她们前面过去……）

"我很乐观　因为感伤并不能

把我们的命运改变　唐尼

我工作得很紧张。

我参加了一个团体——

唱歌　演戏　上街贴标语

给伤兵换药　给难民写信

打扫轰炸后的街　缝慰劳袋

我们的团体到过前线

我看见过血流成的小溪

看见过士兵的尸体堆成的小山

我知道了什么叫做'不幸'

足足有一年　我们

在轰炸　突围　夜行军中度过

我生过疥疮　生过疟疾　生过轮癣

我淋过雨　饿过肚子　在湿地上睡眠

但我无论如何苦都觉得快乐

同志们对我很好　我才知道

世界上有比家属更高的感情

"那团体已被解散了　如今

大家都分散在不同的地方

唐尼　我正在打听他们的消息

我想挨过这学期——啊　那旅馆的

电灯一盏盏地熄了……

唐尼　请你记住这句话：

……

只有反抗才是我们的真理

唐尼　克明现在不是很努力么

一个人变坏容易变好难

你如果真的爱他　难道

应该去阻碍他么？

　　　　　　　唐尼

你是不是真的欢喜他呢？

你欢喜他那样的白脸么？……"

十六、忏　悔　一

"不要谈起这些吧……

李茵　你的话我懂得。

我感谢你——没有人

曾像你这样帮助过我

李茵　我会好起来的

（几个人　举着火把

从她们前面过去……）

"本来　一个商人的女儿

会有什么希望呢？

而且我是在鸦片烟床上

长大的　五年前

我的父亲就要把我许给

一个经理的儿子　那时

我的哥哥刚死了半年。

我只知道哭　母亲和他吵，

过了几个月　他也死了。

他两个死了后

我家里就不再有快乐了。

"前年九月底　我和母亲

从汉口出来　在难民船上

认识了克明　他很殷勤

……不要说起这些吧

这都是我太年轻……

这都是我太安闲……

李茵　年轻人的敌人是

幻想——它用虹一样的光彩

和皂泡一样的虚幻来迷惑你

我就是这样被迷惑的一个……

（几个人　举着火把

从她们前面过去……）

"李茵　这一夜

我懂得这许多

这一夜　我好像很清醒

我看见了许多　我更看见了

我自己——这是我从来都不曾看见过的

十

唐尼在李茵的帮助
下，认识了自己，看见
了一个未曾看到过的
自己。此时，你感受
到了一个怎样的唐尼
呢？

"我来在世界上已经十九个春天

这些年　每到春天　我便

常常流泪　我不知我自己

是怎么会到世界上来的

今天以前　我看这世界

随时都好像要翻过来

什么都好像要突然没有了似的

一个日子带给我一次悸动

生活是一张空虚的网

张开着要把我捕捉

所以我渴求着一种友谊

我将为它而感激一生……

我把它看做一辆车子

使我平安地走过

生命的长途

我知道我是错了……"

（几个人　举着火把

唱着歌

从她们前面过去……）

"唐尼　不要太信任'友谊'二个字

而且　你说的'友谊'也不会在恋爱中得到

不要把恋爱看得太神秘

现代的恋爱

女子把男子看做肉体的顾客

男子把女子看做欢乐的商店

现代的恋爱

是一个异性占有的遁词

是一个'色情'的同义语。"

十七、忏 悔 二

"李茵

这世界太可怕了——

完全像屠场！

贪婪和自私

统治这世界

直到何时呢?"

"唐尼

人类会有光明的一天

'一切都将改变'

那日子已在不远

只要我们有勇气走上去

你的哥哥就是我们的先驱……"

"我的哥哥是那么勇敢

他以自己的信仰决定一切

离开了家　在北方流浪

好几年都没有消息

连被捕时也没有信给家里

他是死在牢狱里的……

"而我

我太软弱了

（十几个人　每人举着火把

粗暴地唱着歌

从她们的前面过去……）

"这时代

不容许软弱的存在

这时代

需要的是坚强

需要的是铁和钢

而我——可怜的唐尼

除了天真与纯洁

还有什么呢?

"我的存在

像一株草

我从来不敢把'希望'

压在自己的身上

"这时代

像一阵暴风雨

我在窗口

看着它就发抖

这时代

伟大得像一座高山

而我以为我的脚

和我的胆量

是不能越过它的

"但是　李茵　我的好朋友

我会好起来

李茵

你是我的火把

我的光明

——这阴暗的角落

除了你

从没有人来照射

李茵　我发誓

经了这一夜　我会坚强起来的

"李茵

假如我还有眼泪

让我为了忏悔和羞耻

十

经过这一夜,李茵的坚强正在影响着唐尼。

149

而流光它吧

"李茵

——我怎么应该堕落呢

假如我不能变好起来

我愿意你用鞭子来打我

用石头来钉我!"

"唐尼

天真是没有罪过的。

我们认识虽只半年

但我却比你自己更多的了解你

我看见了'危险'

已隐伏在你的前面。

它已向你打开黑暗的门

欢迎你进去

不　从你身上我看见了我自己

看见了全中国的姊妹

——我背几句诗给你:

　　'命运有三条艰苦的道路

　　第一条　同奴隶结婚

　　第二条　做奴隶儿子的母亲

第三条　直到死做个奴隶

所有这些严酷的命运

罩住俄罗斯土地上的女人'

"我们是中国的女人

比俄国的更不如

我们从来没有勇气

改变我们自己的命运

难道我们永远不要改变么?

自己不改变　谁来给我们改变呢?

（在黑暗的深处

有几个女人过去

她们的歌声

撕裂了黑夜的苍穹:

'感受不自由莫大痛苦

你光荣的生命牺牲

在我们坚苦的斗争中

英勇地抛弃了头颅……'）

"这一定是演剧队的那些女演员……

这声音真美……

唐尼　时候不早

我们该回去了"

"好　李茵

今晚我真清醒

今晚我真高兴。

明天起　我要

把高尔基的《母亲》先看完"

"等一等　唐尼

让我把火把点起

……

明天会"

　　　（唐尼举着火把很快地走

　　　突然　她回过头来悠远地叫着：）

"李茵

要不要我陪你回去？"

"不要——

有了火把

我不怕"

"好　那么再见

这火把给你。"

"那么……你自己呢?"

"我是走惯了黑路的——
谢谢你这火把……"

十八、尾　　声

"妈!
(TA! TA! TA!)
开门吧"
(TA! TA! TA!)
"妈!
开门吧"

"妈!
开门吧"
(TA! TA! TA!)

"孩子
等一下
让我点了灯

天黑得很……"

"妈　你快呀

我带着火把来了"

"孩子

这火把真亮"

"妈　你拿着它

我来关门

你把火把

插在哥哥照像的前面"

＋

指照片。

　　（母亲上床　唐尼

　　呆呆地望着火把

　　慢慢地　她看定了

　　那死了五年的青年的照片：）

"哥哥　今夜

你会欢喜吧

你的妹妹已带回了火把

这火把不是用油点燃起来的

这火把　是她

用眼泪点燃起来的……"

"孩子

这火把真亮

照得房子都通红了

你打嚏了——孩子冷了

怎么你的眼皮肿

——哭了?"

"没有。

今晚我很高兴

只是火把的光

灼得我难受……"

"孩子　别哭了

来睡吧

天快要亮了。"

一九四〇年五月一日—四日

思辨读写

1. 长诗《火把》是一曲反映战争时期青年生活的青春之

　歌。诗歌在表现手法和形式上采取了内心独白和对话的方式来展现人物的内心情感的变化,请你梳理诗中人物唐尼的情感变化过程,画一张唐尼思想成长轨迹图。

2. 艾青在《诗论》中说:"个人的痛苦与欢乐,必须融合在时代的痛苦与欢乐里。"在《火把》中,李茵对唐尼说:"当大家都痛苦的时候／个人的幸福是一种耻辱。"请结合阅读感受思考:时代的不幸和个人的幸福是矛盾的吗? 说说你的看法。

抬

请你们让开

请你们走在人行道上

让我们把他们抬起来

请你们不要拥挤

请你们站在街旁

让我们把他们抬起来

请你们不要叫嚷

请你们用静默表示悲哀

+
本节中诗人六次写到"你们",这里的"你们"指什么人?

十

诗歌三次反复强调"让我们抬起他们来",以复沓的形式,表达了怎样的情感?请思考:"我们"包括哪些人?"他们"是指谁?"我们"对"他们"又怀着怎样的情感?

让我们抬起他们来

这是一个妇人

她的脑盖已被弹片打开

让她闭着眼好好地睡

让她过一阵能慢慢地醒来

让我们抬起她送回她的家

让她的家属用哭泣与仇恨安排

十

此处"一个服务队的队员"和上一节中的"一个妇人"都是普通人,他们被如此残忍地对待,正是对战争给中国人民带来的苦难的真实记录。

这是一个服务队的队员

灰色的制服上还挂得有他的臂章

你们认识他么——他的脸已蒙上了土灰

无情的弹片打断了他勤劳的臂

请你们让开,请向他表示悲哀

他已为了减少你们的牺牲而被残害

请你们不要挤,这里还有更多的

十

此处揭示了"他们"的身份。作者从滚滚浓烟中汲取诗情,以诗的形式在平实的叙事语言中透露出战争的残酷。

他们都是伤兵住在伤兵医院里

他们在前方受了伤躺在床上

等着伤好了再上战场

现在无耻的敌人已把医院炸倒

现在他们已受到了更大的创伤

请大家让开

让我们抬起他们来

请大家站在旁边

让我们抬着舁床走来

请大家记住

这些都是血债……

一九四〇年六月十一日　重庆

＋

诗人再一次呼喊"请大家让开／让我们抬起他们来"，与第一节中所传达的情感有何不同？试着朗读一下。

＋

诗人呼吁"请大家记住／这些都是血债……"发出了对侵略者无耻行径的控诉，是诗人深情而战栗的呼喊。

思辨读写

1. 诗题是单独一个"抬"字，不禁让读者浮想联翩："抬"的是什么？谁来"抬"？为什么要"抬"他们？读完全诗后，你认为这一个简洁的"抬"字包含了诗人怎样的情绪或情感？

2. 比较阅读《大堰河——我的保姆》，感受并发现艾青诗歌创作在不同年代发生了怎样的变化。

旷　野

十

诗人是想为读者描述
一片富饶美丽的旷野
吗？请关注冒号后的
内容，感受诗歌所呈
现的画面，思考诗人
所表达的情感。

玉蜀黍已成熟得像火烧般的日子：

在那刚收割过的苎麻的田地的旁边，

一个农夫在烈日下

低下戴着草帽的头，

伸手采摘着毛豆的嫩叶。

十

烈日下劳作，静寂的
天空下，却有旷野里
的赞歌。这是农夫对
土地的热爱。

静寂的天空下，

千万种鸣虫的

低微而又繁杂的大合唱啊，

奏出了自然的伟大的赞歌；

知了的不息聒噪

和斑鸠的渴求的呼唤，

从山坡的倾斜的下面

茂密的杂木里传来……

昨天黄昏时还听见过的

那窄长的峡谷里的流水声，

此刻已停止了；

当我从阴暗的林间的草地走过时，

只听见那短暂而急促的

啄木鸟用它的嘴

敲着古木的空洞的声音。

+
短暂而急促的声音是
啄木鸟在用嘴敲击古
木时发出的声音。此
处诗人的笔调似乎发
生了变化，你能体会
到"空洞"一词的深刻
含义吗？

阳光从树木的空隙处射下来，

阳光从我们的手扪不到的高空射下来，

阳光投下了使人感激得抬不起头来的炎热

阳光燃烧了一切的生命，

阳光交付一切生命以热情；

啊，汗水已浸满了我的背；

我走过那些用卷须攀住竹篱的

豆类和瓜类的植物的长长的行列，

（我的心里是多么羞涩而又骄傲啊）

我又走到山坡上了，

我抹去了额上的汗

停歇在一株山毛榉的下面——

+
"羞涩而又骄傲"体现
了"我"劳作时的情
感。此时，"我"为何
"羞涩"？又为何"骄
傲"呢？

简单而蠢笨

高大而没有人欢喜的

山毛榉是我的朋友，

我每天一定要来访问，

我常在它的阴影下

无言地，长久地，

看着旷野：

旷野——广大的，蛮野的……

为我所熟识

又为我所害怕的，

奔腾着土地、岩石与树木的

凶恶的海啊……

不驯服的山峦，

像绿色的波涛一样

横蛮地起伏着；

黑色的岩石，

不可排解地纠缠在一起；

无数的道路，

好像是互不相通

却又困难地扭结在一起；

那些村舍

卑微的，可怜的村舍，

各自孤立地星散着；

它们的窗户，

好像互不理睬

十

"我"熟识的是什么？
"我"害怕的又是什么？山毛榉、土地、岩石、树木、海……这些意象具体指什么？

却又互相轻蔑地对看着；

那些山峰，

满怀愤恨地对立着；

远远近近的野林啊，

也像非洲土人的鬈发，

茸乱的鬈发，

在可怕的沉默里，

在莫测的阴暗的深处，

蕴藏着千年的悒郁。

而在下面，

在那深陷着的峡谷里，

无数的田亩毗连着，

那里，人们像被山岩所围困似的

宿命地生活着：

从童年到老死，

永无止息地弯曲着身体，

耕耘着坚硬的土地；

每天都流着辛勤的汗，

喘息在

贫穷与劳苦的重轭下……

为了叛逆命运的摆布，

＋
感情发生了巨大的变化，之前诗人展现的美丽土地在这里却变得蛮横、困难、卑微、可怜、轻蔑、愤恨、可怕、沉默、阴暗……为什么？

＋
"永无止息地弯曲着身体""从童年到老死"，一直"耕耘着坚硬的土地"的人们在土地上辛勤地劳作，他们的命运在贫穷和劳苦的重轭下喘息。为什么勤劳的人却落入如此悲惨的境况？

我也曾离弃了衰败了的乡村，

如今又回来了。

何必隐瞒呢——

十
这是诗人发自肺腑的心声，把"我"融入旷野的血液中，自己俨然成了旷野的一部分。

我始终是旷野的儿子。

看我寂寞地走过山坡，

缓慢地困苦地移着脚步，

多么像一头疲乏的水牛啊；

在我松皮一样阴郁的身体里，

流着对于生命的烦恼与固执的血液；

我常像月亮一样，

宁静地凝视着

旷野的辽阔与粗壮；

我也常像乞丐一样，

在暮色迷蒙时

谦卑地走过

那些险恶的山路；

十
诗人深层的情感显露了：要改变这种面貌，就必须起来抗争、战斗。

我的胸中，微微发痛的胸中，

永远地汹涌着

生命的不羁与狂热的欲望啊！

而每天，

当我被难于抑止的忧郁所苦恼时，

我就仰卧在山坡上，

从山毛榉的阴影下

看着旷野的边际——

无言地,长久地,

把我的火一样的思想与情感

溶解在它的波动着的

岩石,阳光与雾的远方……

一九四〇年七月八日　四川

思辨读写

1. 诗人在 1940 年 1 月 3 日写过一首《旷野》,这首诗实为《旷野·又一章》。请你找出诗人的第一首《旷野》阅读,体会诗人的情感。

2. 两首诗间隔半年时间,诗人为何要又写一章呢?请你比较阅读这两首诗歌,体会它们的异同,进而感受诗人情感的变化。

刈草的孩子

夕阳把草原燃成通红了。

刈草的孩子无声地刈[1]草，

低着头，弯曲着身子，忙乱着手，

从这一边慢慢地移到那一边……

草已遮没他小小的身子了——

在草丛里我们只看见：

一只盛草的竹篓，几堆草，

和在夕阳里闪着金光的镰刀……

一九四〇年

＋
"割草的孩子割草"本身是一件很平常的事情，诗人仅仅写了孩子割草的画面，他想表达什么呢？

＋
诗人从"我们"的视角看"刈草的孩子"，获得的是怎样一种美感体验呢？

思辨读写

1. 平凡的小事里有诗歌吗？小孩子割草是一件很平常的

---

1 刈(yì)：形声字，从刀，乂(yì)声，本义：割(草或者谷类)。

小事,却被诗人写进了诗歌。诗歌里没有孩子的姓名、家境,似乎也没有孩子的喜怒哀乐等,诗人是如何写出诗意来的呢?

2.《刈草的孩子》这首诗只是把小孩子割草时的情景如实地写出来了,似乎并没有运用什么技巧,然而绝大多数读者读了这首诗,却称道这是一首好诗,你认为是什么原因?

雪里钻

一

二月大雪后的黄昏
城里的别动队来了电话,
"今天晚上十一点钟
敌人有一列军火车
自北平开到保定。"

弟兄们检查着枪支,

十
这是一首长篇叙事诗,根据真人真事创作。电话内容明确了时间、人物、事件、地点,体现了其真实性。

扳动着枪机，

把子弹塞满了枪膛，

把子弹带捆在腰上，

夹带着亲热的戏谑，

重新扎紧了绑腿。

团长来邀我参加夜袭，

他拉我到骑兵班去，

在那成排的马群里，

他指给我一匹黑马。

像年轻人看见漂亮的女人似的，

心里激荡着欢喜。

这黑马俊秀而机敏，

乌黑发亮的身体，

像裹住了黑缎似的光滑；

两只耳朵直竖着，

好像两个新削的黑漆的竹筒；

四条腿直立着，

稳定像四根钢柱；

脚蹄洁白，干净，

好像上面沾满了白雪。

它肃静地站在夜色里，

十

"雪里钻"是一匹察尔斯草原的马的名字。诗人着重描述了它彪悍俊美的外形，肯定了它是一匹俊秀而机敏的良马。

全身的黑毛映着雪光，

好像随时都在警戒着；

假如不是它的耳朵在翻动

和它的眼睛在闪瞬，

你会以为它是一个

为纪念英雄而铸造的马像。

团长用手抚着它的下巴，

在石槽上划亮了火柴，

抽了几口旱烟，

他取下了烟斗

告诉我说：

"这是察哈尔种，

在密尔斯草原

度过了四个春天，

一个辗转在塞外的

年轻的南方人

把它带到太行山来……"

团长是欢喜沉默的，

今天他却说话了：

"这黑马虽然暴躁，

却很耐劳，

能跳过二丈宽的深沟，

曾经有三个骑者被它摔死，

但每当它的主人危难时，

它一定固守在一起。

十

"雪里钻"得名的缘
由。
因为它的四个白蹄，

人们叫它'雪里钻'。

和它作战在一起，

没有一次不胜利。

现在，我们要出发了，

我把它送给你。"

二

我跨上了马鞍，

在队伍里向东方前进。

马群在疾进中扬起的雪屑

飞粘在人们的身上，脸上，

无边的雪在原野上反光。

十

一路行军，不断前进。
我们经过了许多村庄——

北方的低矮而又宽敞的房屋

和许多稀疏的树林；

一切都静静地被雪掩盖着，

只从远处听见了狗的叫声。

穿过广大的雪原，

临近了沦陷区的时候，

听见保定西关的日本守兵

朝向我们放射的枪声

——敌人已从马群的蹄踏

发现了我们的行踪。

不知是雪原使它兴奋呢，

还是它要和寒冷抵抗呢，

我的马，在祖国的平原上

广阔的被凌辱的土地上

奔跳着，急驰着，

像一阵旋风

卷过山谷似的勇猛。

三

我们到了大马房，

把马拴在大树下。

我们的队伍

向平汉路出发。

+
一场战斗。

+
在这一次与敌人的遭遇中，"雪里钻"凭着它的机敏与勇猛，机敏而顽强地与主人躲过了敌人的追击。

+
继续前进。

十一点钟到了，

"轰！"的一声火光冲天。

接着是炮弹爆炸的声响。

那毒蛇似的军火车

触到我们的地雷了！

敌人连骨头都炸碎了。

车辆的残片星散在雪地上。

雄鸡第一次鸣叫了，

我们带着胜利的歌声

回到了大马房。

我们歌唱着，笑着，大声的叫着，

大家忙着准备早餐，

到处都燃起了篝火，

到处都响起了歌声。

十
又一场战斗。

十
连续两个"到处"突出了胜利的喜悦无与伦比。

四

十
新的一天到来，新的战斗打响。

黎明来到了树林和村庄，

敌人的坦克车，轻机关枪车，

机关枪骑兵队，

行进在昏暗中的四架飞机，

从被占区出发

沿铁路线向我们追索

——残酷的敌人

想把我们歼灭

在铁路西面的平原上。

我正在电台里煮土薯，

大马房被包围了！

人们在惊慌中奔跑着。

我匆忙地离开了电台，

冒着那些散乱的枪声

去找我们的团长，

但他已走了。

村外是不停的枪声，

汽车的马达声，

坦克车的轮子滚转声……

我跑到骑兵班，

那个察哈尔骑兵

最后的跨上了他的马背。

我瞥见我的马

站在村里的大树下，

直竖着两只耳朵，

＋
表现"雪里钻"面对战
斗时的状态。

眼睛发出奇异的光辉，

尾巴焦躁地摆动着。

一切都在告诉我：

战争到了！

我知道我的生命

已和它的生命联结在一起。

我跨上了马背，

把缰绳一拉，

我的马像得了解放似的

兴奋地踢开了雪块

向村外冲去……

一到村外，它立刻发现

我们的骑兵队

正疾驰在微明的平原的上面。

我把我的身体

倒伏在马背上，

两手扯住它的鬃毛

——我的后面

喧吵着暴雨似的枪弹。

"雪里钻"在敌人的追赶里，

它的四个蹄子

疯狂地疾驰着，

它的身体腾空似的

带着我迅速地移动，

快得像一个向前抛掷的物体。

天色已完全发白，

天边露出清楚的地平线，

我终于赶上了骑兵队。

在我们的最前面，

我看见 205 号骏马，

上面骑着我们的团长。

英勇的"雪里钻"

感奋得像警报器似的吼叫起来。

这是我第一次听见

它如此坚决如此悲壮的吼声，

这吼声给我无比的鼓舞，

使我在狼狈的败退中

觉触到一种新的光芒。

但是一切都完了，

我们的马群

+

"雪里钻"不仅有俊美的外形，而且在敌人的追赶里，它英勇机敏。

+

"雪里钻"是在战火中陪伴"我"的最忠诚的伙伴。当"我"终于赶上骑兵队，它坚决而悲壮的吼声给了"我"力量，鼓舞了"我"，让"我"看到了新的光芒，充满新的希望。

已临到了漕河的边岸，

而敌人的骑兵

已迫近我们的后面。

敌人的机关枪

开始密集的射击，

那些小钢炮

在后面村庄的屋顶

喷发着炮弹；

那些炮弹

像夏天的急雨

打落在漕河的对岸，

阻止我们前进。

205 号骏马

第一匹踏上漕河冻结了的河面；

于是我们的整个马队

像突然得到了命令，

都跟随着

跳下了漕河。

敌人的炮弹

击碎了冰层，

冰块像冰雹似的

飞溅,零落在我们的身边。

205 号骏马

伴随着它的战友——

我们的政治委员

一起倒下在河面的那边。

从冰层爆起的弹片

已冷酷地击死了他们!

许多的同志们

发出最后的一声呼叫,

不可援救地牺牲了!

我们的马匹

从他们的尸体上跃过。

"雪里钻"

奔到 205 号马尸的旁边,

它的后左腿

突然陷进冰窟里,

两条前腿被冰一滑

跪下了。

我发出了惊叫:

"完了!"

＋
突发意外。

＋
内心活动。

我的祖国啊！

我已为你交付了

我年轻的生命，

我的战斗，

我的英勇。

在我前面的人们远了，

在我后面的

从我身边过去。

严重的恐怖包围着我，

我烦乱在子弹的喧吵里。

就在此刻，

敌人骑兵的第一匹马

已从漕河的岸上跃下。

我蓦地想起

我身边的军用地图，

在我死之前，

我应该把它烧去。

我一边倒过了"二把子"

向后面不停地射击，

一边伸手到皮包里

去摸索军用地图，

我的手触到了一柄小刀

——这小刀

是我在上一次的战斗中

从山本中队司令身上搜取来的。

我握住小刀，咬紧牙齿，

猛烈地向马屁股上一刺。

我噙着眼泪

叫喊着：

"起来！伙计！

你不要出卖我！"

马惨叫了一声，

从冰层上跃起，

冲过炮火的浓烟，

向前面的马队追赶。

······

我们的机关枪

把敌人的骑兵

挡在漕河的彼岸。

五

初春早晨的阳光

照耀在广大的雪原上。

子弹的声音已沉寂了，

我们的呼吸也松缓下来，

我感激地骑着"雪里钻"

向着归路上前进。

弟兄们都已去得很远了，

我回过头来向后面观望。

中国的雪的平原，

突然看见鲜红的血迹

淋滴在净白的雪堆上，

淋滴在印着蹄影的道路上……

十
战争是残酷的，未来
的和平弥足珍贵。

我回到了我们驻扎的村庄。

团长已坐在拂了雪的石板上，

他为欢迎我而站立起来，

走到"雪里钻"的旁边，

伸手摸着在冒出白气的嘴。

他的脸映着春天的阳光。

他笑了：那么平静，那么温暖

好像一切都不曾发生……

一九四一年九月二十七日

＋

刚刚经历了一场激烈的战斗，团长为什么笑了？而且笑得"那么平静，那么温暖，好像一切都不曾发生"？

思辨读写

1. 本诗写于 1941 年 9 月，是一首根据真人真事写成的长篇叙事诗，它的副标题是"一个年轻记者向我夸赞他的马"。阅读全诗，请你根据诗歌的内容为"雪里钻"这匹马写一篇小传。

2. 最后一场战斗中"雪里钻"带我闯出困境的过程，惊心动魄。请发挥想象，增加一些细节，试着将这次脱险改编成故事，给同学讲一讲，比较一下叙事诗和故事的不同。

黎明的通知

为了我的祈愿

诗人啊，你起来吧

而且请你告诉他们

＋

祈愿，有请求、希望、祈祷等意思，也有寄托一种愿望、希望梦想成真之意。阅读全诗，体会诗人具体祈愿的是什么。

说他们所等待的已经要来

＋
诗人采用拟人化的手法,运用第一人称的自述方式,以黎明的口吻道出了人们的企盼。诗人以新的视角赋予了黎明这一意象新的姿态,以黎明的眼光和心绪来传达内心的欢愉。

说我已踏着露水而来
已借着最后一颗星的照引而来

我从东方来
从汹涌着波涛的海上来

我将带光明给世界
又将带温暖给人类

＋
诗人成了传达黎明的祈愿的使者。

借你正直人的嘴
请带去我的消息

通知眼睛被渴望所灼痛的人类
和远方的沉浸在苦难里的城市和村庄

请他们来欢迎我——
白日的先驱,光明的使者

＋
"白日的先驱,光明的使者"是黎明的特质,更是人们所祈愿的生的希望。
＋
"所有的窗子""所有的门"告诉人们敞开心怀来迎接"光明的使者"——黎明。

打开所有的窗子来欢迎
打开所有的门来欢迎

请鸣响汽笛来欢迎
请吹起号角来欢迎

请清道夫来打扫街衢
请搬运车来搬去垃圾

让劳动者以宽阔的步伐走在街上吧
让车辆以辉煌的行列从广场流过吧

请村庄也从潮湿的雾里醒来
为了欢迎我打开它们的篱笆

请村妇打开她们的鸡坞
请农夫从畜棚牵出耕牛

借你的热情的嘴通知他们
说我从山的那边来，从森林的那边来

请他们打扫干净那些晒场
和那些永远污秽的天井

请打开那糊有花纸的窗子
请打开那贴着春联的门

＋
注意一系列的"请"和"让"，感受诗人描绘的迎接黎明的图景。

＋
注意"请"和"让"的不同。

请叫醒殷勤的女人

和那打着鼾声的男子

请年轻的情人也起来

和那些贪睡的少女

请叫醒困倦的母亲

和她身旁的婴孩

请叫醒每个人

连那些病者与产妇

连那些衰老的人们

呻吟在床上的人们

连那些因正义而战争的负伤者

和那些因家乡沦亡而流离的难民

十
诗文中写了这么多
"请叫醒"的人,是有
深刻含义的。仔细阅
读诗句,你能体会其
中的深意吗?请叫醒一切的不幸者

我会一并给他们以慰安

请叫醒一切爱生活的人

工人,技师以及画家

请歌唱者唱着歌来欢迎
用草与露水所掺合的声音

请舞蹈者跳着舞来欢迎
披上她们白雾的晨衣

请叫那些健康而美丽的醒来
说我马上要来叩打她们的窗门

请你忠实于时间的诗人
带给人类以慰安的消息

请他们准备欢迎,请所有的人准备欢迎
当雄鸡最后一次鸣叫的时候我就到来

请他们用虔诚的眼睛凝视天边
我将给所有期待我的以最慈惠的光辉

趁这夜已快完了,请告诉他们
说他们所等待的就要来了

＋
梳理归纳一下,全诗一共用了多少个"请"。

＋
"他们所等待的"具体指什么? 结合诗歌的题目"黎明的通知",阅读全诗,理解"黎明"的象征意义。

思辨读写

1. 诗歌开头写道，"为了我的祈愿/诗人啊，你起来吧/而且请你告诉他们/说他们所等待的已经要来"；诗歌结尾写道，"趁这夜已快完了，请告诉他们/说他们所等待的就要来了"。仔细阅读，品味"说他们所等待的已经要来"与"说他们所等待的就要来了"有何不同？

2. 本诗运用了象征与写实相结合的手法，诗人把黎明拟人化，并运用新的视角，采用第一人称的口吻来表达内心的情绪与情感。请你试着把第一人称改为其他人称，再用心朗读，试试看其表达效果与原诗有何差异？

人民的城

一

张家口[1]——

人民的城，

美丽的城；

山卫护着，

清水河流过，

没有沙漠，

电气开花，

机器唱歌；

工厂接连着工厂，

汽笛招呼着汽笛，

大卡车大笑着，

---

1 张家口地处太行山、燕山和阴山山脉交汇处，是连接北平与山西、内蒙古的咽喉之地，其战略地位十分重要。1945 年 8 月冀察军区部队从日伪军手中解放张家口。这座城是中国共产党领导的革命人民武装解放的第一座城。

满载着货物，

驶进了栈房，

驶进了仓库。

长长的马路，

宽阔的马路，

市集的叫嚣，

人群的喧腾，

无数的车辆驶过，

汽车的喇叭吹叫着；

十
人们投入到新生活中
的景象。对未来的生
活充满了希望。

四面八方来的人们——

从无数乡村来，

从各个根据地来，

从各个解放区来，

带着愉快的呼吸，

带着新奇和感激，

从这条街走到那条街，

两眼看着新的景物。

今天我们在这里，

不像在别的城市，

感到陌生和不安，

感到疑虑和恐怖；

今天我们在这里，

好像在自己的家里，

可以自由自在地走着，

可以昂首阔步地走着……

张家口——

人民的城，

美丽的城。

山河、马路、人们……无不透露着这座城市的生机与活力。两组"今天我们在这里……"的诗句显现出这座第一个解放的城市，是一座安全的城、幸福的城！

二

张家口，

有痛苦的记忆，

山也记得，

河水也记得，

老乡更记得：

强调了充满痛苦和屈辱的历史不能忘记。诗人的言语中充满了深情，山河为证，老乡们更不会忘记。

敌人占领了华北，

"派遣军"的刺刀

插进了张家口，

这里成了"战略基地"，

这里做了"反苏据点"，

无数的浪人来了，

机关都被敌人掌握，

物资都被敌人控制，

张家口成了粮站，

张家口成了火药库；

清水河流过张家口，

把城市分成两边，

一边叫西山坡，

一边叫东山坡——

西山坡上是旧城，

旧城里住的是中国人，

无数的小商人，

无数的苦力，

无数的穷人，

十几万市民，

都生活在敌人皮鞭的下面；

年轻人被绑走了，

牲口被拉走了，

珠宝被抢走了，

年老的病倒了，

十
连用三个"无数的"，
强调了劳苦大众的命
运之悲惨，表达了诗
人对劳苦大众深切的
同情，以及对敌人卑
劣行径的控诉。

女人被糟蹋了；

又是"配给"，

又是"许可"，

又是捐，

又是税，

没有白面，

没有大米，

没有肉，

没有油，

都给敌人拿走了，

连血都快要抽干了；

＋
直接剥削，名目繁多，食物"都给敌人拿走了，连血都快要抽干了"，表现了敌人之残忍和穷苦人民生活之悲惨。

西沙河的河滩，

变成了屠宰场，

好多老乡被砍头，

好多老乡被活埋，

沙滩上涂满了污血，

野狗和狼争吃着尸首，

成千成万的苦力，

被征用，

到市区的周围，

凿山洞，

＋
再次表现敌人之残忍和穷苦人民生活之悲惨。

建筑防御工事，

修飞机场，

挖防空壕，

造军火库，

造地下仓库，

等工程完了，

他们也完了，

尸首被投在清水河里……

三

而东山坡——

东山坡是"风景区"，

是公园，

是"神社"，

是"忠灵塔"的所在地，

有日本领事馆，

有"居留民"的住宅，

有"高等职员"的宿舍，

房屋是华贵的，

风景是幽美的；

造房子的是谁呢？

造房子的不是九州人，

不是四国人，

也不是北海道人，

而是张家口的老百姓——

成千成万的人，

都为敌人忙碌，

在广阔荒凉的山坡上，

建造起千万幢房屋，

等一切都安排好了，

搬进去住的是日本浪人，

和那些脸涂得粉白的妇女；

而张家口的老百姓，

他们一造好房子，

就不敢再从东山坡走过

只是站在西山坡上

带着忧愁和气愤

远远地看着东山坡⋯⋯

这样的日子，

足足过了八年。

+
当时的张家口的老百姓生活在敌人的淫威下，只能白白地为敌人劳作，遭受敌人的欺凌与压迫。

+
张家口的老百姓面对敌人怀着敢怒不敢言的忧愁和气愤，能够给他们带来光明、自由与和平的只有正义之战，只有解放！

四

去年八月，

八路军来了，

炮声震动山谷，

把敌人轰跑了！

十

八路军来了，战争打响了，紧接着是敌人慌乱逃跑的场景。

十

用画面呈现的方式，表现敌人的狼狈。

"武士"们都逃了，

指挥刀也不要了，

饭也不吃了，

帽子也不戴了！

那些住宅里，

那些宿舍里，

地上丢着彩色的和服，

油漆彩画的木屐，

散着冈本和大田的名片，

美芙子给林三郎的"手纸"，

和一厚册一厚册的贴照簿，

在这些贴照簿里，

贴满了刽子手们的照片；

现在他们都完了——

无论是大佐，

无论是少尉，

无论是森大启，

无论是小冈村，

奖状和勋章都丢在地上；

有的逃了，

有的被捉住了，

有的死了，

死得这样不体面，

连骨灰也不能运回东京去；

还有那些北村英子，

美惠子、江藤春子，

梶谷蝶子、花代子，

除了留下脂粉盒子，

和卷发用的夹子，

就不再看见她们的影子。

（谁知道她们到哪儿去了呢？

听说有人看见她们，

在北平东城的胡同里，

打扮得"雍容华贵"，

在东安市场买东西。）

十
奋勇杀敌的结果。意
味着敌寇失败了。

十

"伪'蒙疆政府'瓦解
了"——意味着解放
战争的胜利,人民群
众即将迎来新的时
代。

伪"蒙疆政府"瓦解了——

德王逃走了,

李守信逃走了,

于品卿被枪毙了,

什么"司法部长",

什么"高等法院院长",

已关在监狱里,

都在用手指,

数着自己最后的日子。……

五

张家口,

解放了——

头上包着毛巾

穿着蓝布袄的农民,

在街上大摇大摆地走着;

十

张家口解放了,农民、
工人、妇女等所展现
出来的新面貌。

工人们成群结队

大笑着走进了工会;

铁路的自卫队,

在街上操练;

妇女联合会在筹备

纪念今年的"三八"节。

所有的人都站起来，
所有的人都组织起来，
和着军队，
和着政府，
守卫这人民自己的城。

人民的城，
一切为了人民。

列车运送着劳动人民，
自来水供给人民用水，
人民在广播电台说话，
报纸登载人民的事情，
戏院演的是人民的翻身，
监狱囚禁人民的仇敌，
法院审判人民的罪犯。

张家口——
美丽的城，
无数红砖的新式房屋，
无数立体建筑，

＋
"一切为了人民"是这
座城市的精神丰碑。
这座城是政府和人民
心连心共同守卫的，
胜利属于人民大众！

＋
为获得新生的城市歌
唱。

196

繁杂的电杆和电线，

和白色的磁瓶，

和如林的烟囱，

在晴空下

展开了都市的画幅……

乌黑的火车头，

冒出白色的烟，

拖着长长的列车，

从城郊驰进车站，

杂色的人群，

突然涌到街上……

街上，

人们匆忙地走着，

走进工厂，

走进商店，

走进机关，

走进学校，

一切的人都朝着一个方向：

"建设民主繁荣的新张家口！"

十

解放后的张家口，像一幅徐徐展开的美丽画卷，人们忙碌劳作，一切只为"建设民主繁荣的新张家口！"

197

张家口——

幸福的城，

没有饥饿，

不受欺负，

没有压迫，

没有恐怖，

工人增加了工资，

农民减少了租子，

商人没有苛捐杂税，

人人快乐，

日子过得很舒服！

张家口——

人民的城，

美丽的城，

幸福的城，

光荣的城！

人民的手建造的，

人民的血解放的，

人民的生命保卫的，

和平的城！

一九四六年二月二十六日

思辨读写

1. 本诗将张家口这座城的过去和现实做了全景式的描述,把张家口在解放前与解放后的境况做了对比,请你仔细朗读这些诗句,并试着用散文的形式改写这部分内容,品味改写与原诗表达有何不同。

2. 张家口是第一个解放的城市,它成了光明、和平、民主的象征,已经不是一般意义上的城市。你了解自己所在的城市吗? 翻开历史的画卷,说说你所在城市的意义非凡的故事。

第三辑

20世纪50年代

维也纳

＋
可以把这首诗和前面的《马赛》进行比较阅读。

维也纳，你虽然美丽
却是痛苦的，
像一个患了风湿症的少妇
面貌清秀而四肢瘫痪。

维也纳，像一架坏了的钢琴，
一半的键盘发不出声音；
维也纳，像一盘深红的樱桃，
但有半盘是已经腐烂了的。

＋
"患了风湿症的少妇""坏了的钢琴""深红的樱桃"这三个意象有何共同点？

星星不能只半边有光芒，
歌曲不能只唱一半；
自由应该像苹果一样——
鲜红、浑圆是一个整体。

＋
"一半"的重复使用，表现了维也纳的"两面性"，试分析这反映了维也纳怎样的社会现状，这样的表达给读者怎样的感受。

我的心啊在疼痛，
莫扎特铜像前的喷泉

所喷射的不是水花

而是奥地利人民的眼泪；

再伟大的天才

也谱不出今天维也纳的哀歌啊！

天在下着雨，

街上是灰白的水光，

维也纳，坐在古旧的圈椅里，

两眼呆钝地凝视着窗户，

一秒钟，一秒钟地

在挨受着阴冷的时间……

维也纳，让我祝福你：

愿明天是一个晴天，

阳光能射进你的窗户，

用温柔的手指抚触你的眼帘……

　　　　　　一九五四年七月八日晚　维也纳

思辨读写

1.《维也纳》是组诗《南美洲的旅行》中的第一首，作于

　　1954 年 7 月。维也纳作为奥地利的首都、古典音乐和

歌剧的中心，被人们称为"音乐之都"。而二战后的近十年里，维也纳被苏、美、英、法四国军事占领，它没有了民族的自由，一切听任别国的摆布。请思考，这首诗对于一个城市，写得这么真挚、动情，其原因有哪些？

2. 艾青是一位善于透过主观感受的抒情而达到反映生活目的的诗人，他诗中的意象运用得恰到好处，生动地展示诗人的主观感受及情感。试着模仿这首诗的写法，选择三个有城市特色的意象，写写你眼中的城市。

一个黑人姑娘在歌唱

在那楼梯的边上，

有一个黑人姑娘，

她长得十分美丽，

一边走一边歌唱……

＋
用白描的手法交代故事发生的情景，引出黑人姑娘。

她心里有什么欢乐？

她唱的可是情歌？

她抱着一个婴儿，

唱的是催眠的歌。

这不是她的儿子，

也不是她的弟弟；

这是她的小主人，

她给人看管孩子；

＋

揭示婴儿身份前，连用两个"不是"表示否定，这样写有什么好处？

一个是那样黑，

黑得像紫檀木；

一个是那样白，

白得像棉絮；

＋

想一想诗人选择"紫檀木"来比喻姑娘，用"棉絮"比喻婴儿，除了黑与白的鲜明对比外还有什么弦外之音？

一个多么舒服，

却在不住地哭；

一个多么可怜，

却要唱欢乐的歌。

一九五四年七月十七日　里约热内卢

思辨读写

1. 1954 年，诗人受智利众议院议长和智利著名诗人巴

勃罗·聂鲁达的邀请，前往智利，参加聂鲁达的五十

寿辰,同时利用这机会做世界和平运动的工作。这历时两个月的旅行,使诗人感触颇多,写下了一批动人的诗篇,《一个黑人姑娘在歌唱》就是其中一首。请查阅资料,了解种族歧视的相关内容,并用3—5个关键词描述 20 世纪 50 年代黑人的社会状况。请思考:黑人姑娘和婴儿分别有什么象征意义?诗人通过最后一段的对比想要表达什么情感态度?

2. 1988 年,杜鸣心为艾青的《一个黑人姑娘在歌唱》作了曲,由罗天婵演唱。请你查找并欣赏这首歌曲,为它写一段 100 字左右的介绍。

礁　石

一个浪,一个浪,

无休止地扑过来,

每一个浪都在它脚下

被打成碎沫、散开……

十
"扑过来""被打成碎沫""散开"表面是在写海浪,实际想表达的是什么?

它的脸上和身上

像刀砍过的一样

但它依然站在那里

含着微笑，看着海洋……

一九五四年七月二十五日

十

想一下，明明"海浪"是水，为什么用"刀砍"这个词，"海浪"暗指什么？

思辨读写

1. 在这首诗中，艾青像一个高明的速写大师，选取礁石笑迎风浪的一刹那来勾勒，"它的脸上和身上／像刀砍过的一样／它依然站在那里／含着微笑，看着海洋……"你发现礁石有着怎样的性格品质？

2. 本诗写于 1954 年 7 月，有人说礁石可以是象征前仆后继、英勇顽强的中华民族，还可以是象征"遇到连续的迫害""要求生存的权利"而不畏强权、不息抗争的全世界被压迫的民族和人民。现在你读了这首诗，你认为礁石还可以象征什么，对我们有何启发？

三株小杉树

十

"年轻"用了什么修辞手法？诗人用这样的修辞隐含着怎样的感情？

年轻的杉树长满了嫩芽

嫩得好像要滴下水来

园里的草地露水很重

人走进的时候鞋子都湿了

早上的阳光照在露珠上

每颗露珠都在发亮

十

摘果子,手留香,显然还有深意,是什么呢?

我摘了一个杉树的果子

手上沾满了果子的芳香

一九五四年七月

思辨读写

1. 艾青在《诗与感情》中表示:"写诗要在情绪饱满的时候才动手。无论是欢乐或痛苦,都要在这种或那种情绪浸透你的心胸的时候。"这首诗表达了一种欢快愉悦的情绪,请思考:杉树、园、阳光、露珠、果子、芬芳,是怎样表现出欢快愉悦情绪的?

2. 有一首题为"小白杨"的歌广为传唱,表达了边防军人对祖国边疆的火热情怀,其创作手法与《三株小杉树》类似,请找到这首歌,听一听,比一比,列出两者的异同。

在智利的海岬上

——给巴勃罗·聂鲁达

让航海女神
守护你的家

她面临大海
仰望苍天
抚手胸前
祈求航行平安

+
注意诗中人称的变化。"你"对应的是"我",这样写有什么好处?

一

+

这一句,不仅仅是表达诗人有共同的"爱海"感情,更是表达出心意相通。

你爱海,我也爱海

我们永远航行在海上

一天,一只船沉了

你捡回了救命圈

好像捡回了希望

风浪把你送到海边

你好像海防战士

驻守着这些礁石

+

查一下聂鲁达的生平资料,想一想,这一节暗示着聂鲁达怎样的遭遇。

你抛下了锚

解下了缆索

回忆你所走过的路

每天瞭望海洋

+

想象一下这里塑造的聂鲁达的形象。

二

巴勃罗的家

在一个海岬上

窗户的外面

是浩淼的太平洋

这是环境。注意"太平洋"。

一所出奇的房子
全部用岩石砌成
像小小的碉堡
要把武士囚禁

这是建筑。为什么用"囚禁"这个词?

我们走进了
航海者之家
地上铺满了海螺
也许昨晚有海潮

由"海螺",而"海潮",想象奇特又自然。

已经残缺了的
　　木雕的女神
站在客厅的门边
像女仆似的虔诚

明明是"女神",却又成了"女仆",想一想,为什么会有这样的联系?

阁楼是甲板
栏杆用麻绳穿连
在扶梯的边上
有一个大转盘

注意:诗人的脚步和目光都在变化,这是在参观过程中观察聂鲁达家中的摆设、器物。

这些是你的财产:

以下几节,都是在发现聂鲁达的生活、经历,了解他的兴趣、志向。

古代帆船的模型

褐色的大铁锚

中国的大罗盘

（最早的指南针）

大的地球仪

各式各样的烟斗

和各式各样的钢刀

意大利农民送的手杖

放在进门的地方

它陪伴一个天才

走过了整个世界

+
聂鲁达的不凡经历。

米黄色的象牙上

刻着年轻的情人

穿着乡村的服装

带着羞涩的表情

像所有的爱情故事

+
聂鲁达奇特的感情经
历。

既古老而又新鲜

手枪已经锈了

战船也不再转动

请斟满葡萄酒

为和平而干杯!

+
共同的使命与追求。

三

房子在地球上
而地球在房子里

+
再次深入观察。读一读,有没有重新审视的感觉?

壁上挂了一顶白顶的
　　黑漆遮阳的海员帽子
好像这房子的主人
今天早上才回到家里

我问巴勃罗:
"是水手呢?
还是将军?"
他说:"是将军,
你也一样;
不过,我的船
已失踪了
沉没了……"

+
再次感受一下"我"和"你"的对话,诗人之间的感情如何相通?

四

十

一连串的问题,和上一节水手将军之问,有何不同?

你是一个船长,

还是一个海员?

你是一个舰队长,

还是一个水兵?

你是胜利归来的人,

还是战败了逃亡的人?

你是平安的停憩,

还是危险的搁浅?

你是迷失了方向,

还是遇见了暗礁?

都不是,都不是。

这房子的主人

是被枪杀了的洛尔伽的朋友

是受难的西班牙的见证人

是一个退休了的外交官

不是将军。

十

结合聂鲁达的生平资料,读读这一节对他的高度概括。

日日夜夜望着海

听海涛像在浩叹

也像是嘲弄

也像是挑衅

巴勃罗·聂鲁达

面对着万顷波涛

用矿山里带来的语言

向整个旧世界宣战

+ 揭示聂鲁达的品格。

五

在客厅门口上面

挂了救命圈

现在船是在岸边

你说："要是船沉了

我就戴上了它

跳进了海洋。"

+ 重申"海洋"对于聂鲁
达的意义。

+ 注意,时间已经从白
天变成了黑夜。

方形的街灯

在第二个门口

这样,每个夜晚

你生活在街上

+ 室内室外,壁炉与大
海,"地球的各个角落
来的"伙伴欢聚一堂。

壁炉里火焰上升

216

今夜，海上喧哗

围着烧旺了的壁炉

从地球的各个角落来的

　　十几个航行的伙伴

喝着酒，谈着航海的故事

我们来自许多国家

包括许多民族

有着不同的语言

但我们是最好的兄弟

＋
国家、民族不同，却是
"最好的兄弟"，情感
相通、相融。

有人站起来

用放大镜

在地图上寻找

没有到过的地方

＋
"很大"为什么又"很
小"？

我们的世界

好像很大

其实很小

在这个世界上

应该生活得好

明天，要是天晴

217

我想拿铜管的望远镜

向西方瞭望

太平洋的那边

是我的家乡

我爱这个海岬

也爱我的家乡

这儿夜已经很深

初春的夜晚多么迷人

十

太平洋的"这边"和"那边","我"和"你"就这样联系起来,大海连接,所以才有"爱"。

六

在红心木的桌子上

有船长用的铜哨子

拂晓之前,要是哨子响了

我们大家将很快地爬上船缆

张起船帆,向海洋起程

向另一个世纪的港口航行······

十

把诗歌的开头与结尾结合起来,看看诗人的感情如何变化。

一九五四年七月二十四日晚　初稿

一九五六年十二月十一日　整理

思辨读写

1. 聂鲁达曾于 1951 年和 1957 年两度来中国,与艾青有着深入的交往。1954 年,艾青访问智利时,曾到聂鲁达家做客,受到聂鲁达及其他朋友的热情款待。艾青为这深情厚谊而深深感动。《在智利的海岬上》这首诗,就是艾青以做客时的真切感受写成的。请根据诗中所呈现出的这个家的一个又一个画面,想象一下两位伟大诗人相见时的情形。说说你对"你爱海,我也爱海/我们永远航行在海上"的理解。

2. 艾青评价说:"聂鲁达有着外交官的彬彬有礼的风度、诗人的天真的情感和民间歌手的纯朴的品德。"你能在诗中找出相应的诗句,将诗中所写的物品与诗人的经历联系来吗?

启明星

+
启明星是"光明与黑暗"的转折点,"光明"与"黑暗"在诗中具体指什么?"逃遁"是什么意思?此处为褒义还是贬义?

属于你的是

光明与黑暗交替

黑夜逃遁

白日追踪而至的时刻

群星已经退隐

你依然站在那儿

期待着太阳上升

＋
"依然"二字写出了启明星怎样的特点及品质？

被最初的晨光照射

投身在光明的行列

直到谁也不再看见你

一九五六年八月

思辨读写

1. 在中国古代，人们寻找星辰，就是寻找方位，实际上也是寻找自己的位置，其中启明星常常被视为积极形象，在很多文学作品中都曾出现，如《诗经》中就写到"东有启明，西有长庚"。这首诗中的"启明星"，有人认为是诗人自喻，也有观点认为是先进知识分子的象征，你怎么看？

2. 著名作家毕飞宇说：有几样东西对诗歌来说不可或缺，古今中外都是这样，那就是太阳、月亮、星星、风雨、雷电、雪雾、草木和花朵，简单一点说，就是日月星辰和风花雪月。比较不同作品中的意象，你会发现相同的

意象表达的情感是不同的。比如《泰戈尔诗选》中也有

一段提到了"群星"这一意象：

如果你因失去了太阳而流泪，

那么你也将失去群星了。

——《泰戈尔诗选》

请你说说两首诗的不同之处。

小蓝花

小小的蓝花

开在青色的山坡上

开在紫色的岩石上

＋
蓝、青、紫三种色彩在选取搭配上有何妙处？

小小的蓝花

比秋天的晴空还蓝

比蓝宝石还蓝

小小的蓝花

是山野的微笑

＋
这里运用了什么修辞手法？体现了诗人怎样的情感？

寂寞而又深情

一九五六年

1. 全诗仅九行,却为我们展现了一幅色彩明丽的画面,请注意诗人如何运用色彩来表现"小蓝花"。

2. 请在"大海""蜡烛""春风"三个意象中选择一个,模仿《小蓝花》创作一首现代诗歌。

下雪的早晨

雪下着,下着,没有声音,

雪下着,下着,一刻不停,

洁白的雪,盖满了院子,

洁白的雪,盖满了屋顶,

整个世界多么静,多么静。

＋
第一段多次运用反复的修辞手法描写冬日环境的什么特点?这样写有什么好处?

看着雪花在飘飞,

我想得很远,很远,

想起夏天的树林,

树林里的早晨,

＋
由冬天的实景联想到夏天的故事是否突兀?

到处都是露水，

太阳刚刚上升，

一个小孩，赤着脚，

从晨光里走来，

他的脸像一朵鲜花，

他的嘴发出低低的歌声，

他的小手拿着一根竹竿，

他仰起小小的头，

那双发亮的眼睛，

透过浓密的树叶

在寻找知了的声音……

十

美好的画面传达着美好的心情。诗中对"他"进行了详细的人物描写，说说你从中看到了一个怎样的男孩。

他的另一只小手，

提了一串绿色的东西，

——一根很长的狗尾草，

结了蚂蚱、金甲虫和蜻蜓，

这一切啊，

我都记得很清。

十

这句话有什么深层含义？

我们很久没有到树林里去了，

那儿早已铺满了落叶，

也不会有什么人影；

但我一直都记着那个小孩，

和他的很轻很轻的歌声，

此刻，他不知在哪间小屋里。

看着不停地飘飞着的雪花，

或许想到树林里去抛雪球，

或许想到湖上去滑冰，

他决不会知道

有一个人想着他，

就在这个下雪的早晨。

一九五六年十一月十七日

＋

结尾段与开头呼应，再次回到现实。联系全诗思考，诗人"想"的仅仅是他吗？

思辨读写

1. 关于这首诗的主旨，有下面三种提法，你赞成哪种？简要说明理由。

   A. 寄托了对一个小孩的思念。

   B. 赞美了大自然给孩子们带来的欢乐。

   C. 表达了对童年的回忆和向往。

2. 这首诗写于 1956 年，当时艾青在事业上遭受挫折，婚姻和家庭也很不顺利，因而他的心情非常压抑，这首诗读来却清新扑面。阅读时要注意诗人怎样写下雪的景象，又怎样联想到"一个小孩"在夏天的树林里玩耍，再怎样将下雪与夏天结合起来。请思考诗人运用了哪些词句渲染了美好的意境,将自己的美好情感熔铸于其中。

烧　荒

小小的一根火柴,

划开了一个新的境界——

好大的火啊,

荒原成了火海!

＋
"荒原"暗指什么?

火花飞舞着、旋转着,

火柱直冲到九霄云外!

＋
诗人对火花、火柱、火焰进行了细致观察和描写,试从修辞角度分析:他描述的火的力量和速度有什么特点?这样写有何用意?

火焰像金色的鹿,

奔跑得比风还快!

腾起的烟在阳光里,

像层层绚丽的云彩!

火焰狂笑着、奔跑着，

披荆斩棘，多么痛快！

火的队伍大进军，

豺狼狐兔齐闪开！

野草不烧尽，

禾苗起不来！

快磨亮我们的犁刀，

犁开一个新的时代！

＋

诗人通过对野草和禾苗的描述，想要表达什么意义？

＋

此处"新的时代"指的是什么？

思辨读写

1. 1958 年 4 月，诗人因精神苦闷，生活陷入困境，所以携家人离开北京，来到黑龙江省密山县(现为密山市)的一座农场，与北大荒的农垦战士一起开荒拓土。在此期间，他目睹了野火烧荒的情景，将其写成一首诗作，即《烧荒》。读完后，请概述诗中的野草被焚毁的过程。

2. "火"是艾青诗歌中一个常见的意象，请思考：诗人对野火有着怎样的感情？为什么选择火作为表达主题的象征物？重点关注开头、结尾两段，概括诗人想要表达的情感。

帐　篷

＋
当读到"我们"这样的人称时，注意联系全诗思考，"我们"是谁？有怎样的品质？

哪儿需要我们，
就在哪儿住下，
一个个帐篷，
是我们流动的家；

荒原最早的住户，
野地最早的人家，
我们到了哪儿，
就激起了喧哗；

＋
"激起"一词带来了怎样的感受？"喧哗"多形容声音大而杂乱，此处也是这个意思吗？

探索大地的秘密，
要把宝藏开发，
架大桥、修铁路，
盖起高楼大厦；

＋
从第二节的"荒原""野地"到此处的"高楼大厦"，诗人想要表达什么？

任凭风吹雨打，

我们爱自己的家，

它是这样锐敏

反映祖国的变化；

换一个工地，

就搬一次家，

带走的是荒凉，

留下的是繁华。

十

此处的"家"与第一节"流动的家"意义完全相同吗？

思辨读写

1. 新中国成立后,为了开发建设美丽的祖国,劳动人民投身于祖国建设。《帐篷》这首诗就是一首对祖国建设者的赞歌。全诗节奏明快,音韵和谐,朗朗上口,请你边读边思考：小小的帐篷究竟是如何体现祖国建设者的伟大的呢？你如何理解结尾句"带走的是荒凉,留下的是繁华"？其中蕴含着作者怎样的情感？

2. 祖国的安稳繁荣离不开很多在不同岗位上无私奉献的工作者,如消防员、边防战士等,请你选择一类人,仿照《帐篷》写一首诗赞美他们。

第四辑

20世纪70年代

鱼化石

动作多么活泼，

精力多么旺盛，

在浪花里跳跃，

在大海里浮沉；

＋
"活泼""旺盛""跳跃"
"浮沉"所表现的鱼的
特点是什么？诗人仅
仅是写鱼吗？

不幸遇到火山爆发，

也可能是地震，

你失去了自由，

被埋进了灰尘；

＋
诗人为何会为"鱼"设
置这样的际遇？

过了多少亿年，

地质勘探队员，

在岩层里发现你，

依然栩栩如生。

但你是沉默的，

连叹息也没有，

鳞和鳍都完整，

却不能动弹；

你绝对的静止，

对外界毫无反应，

看不见天和水，

听不见浪花的声音。

凝视着一片化石，

傻瓜也得到教训：

离开了运动，

就没有生命。

活着就要斗争，

在斗争中前进，

即使死亡，

能量也要发挥干净。

＋

"但""却"两处转折以及"看不见""听不见"凸显了从"鱼"到"鱼化石"的变化，结合第一节"鱼"的形象，你认为诗人意在强调什么？

＋

既然是傻瓜也能得到的教训，诗人为何还要写进诗里呢？

＋

这是否也是诗人自己得出的"教训"？你认为它是怎样得出的，又该怎样理解？

思辨读写

1. 20 世纪 50 年代，艾青被打成"右派"，直至 1978 年复
   出。二十年间，艾青不能发表诗歌，经历了诸多生活磨

难,诗人与他的诗歌一起被完全埋没。这首诗是艾青"归来"之后创作的一首咏物诗,表达对那段漫长而痛苦的生活的深入思考。诵读这首诗,你能读出诗人做了哪些思考?

2. 有人认为这首诗前半部分让读者进入了一个象征世界,读来含蓄而隽永,诗的结尾却浅白直露,这种"卒章显志"的写法不仅俗套,而且压缩了读者对诗歌象征意蕴的理解角度和深度,破坏了诗的整体和谐,令人遗憾。你是否也认同这种看法?用一段话阐述一下你的观点。

镜　子

仅只是一个平面
却又是深不可测

它最爱真实
决不隐瞒缺点

它忠于寻找它的人

+
"一个平面"是写实,"深不可测"却是诗人的感触,落笔便抓住了"镜子"的特征。

谁都从它发现自己

或是醉后酡颜

或是鬓如霜雪

＋
"真实""不隐瞒""忠于",诗人从特征出发,揭示了镜子的本质在于反映真实。

有人喜欢它

因为自己美

有人躲避它

因为它直率

甚至会有人

恨不得把它打碎

＋
人们对待镜子的情感态度不同,是镜子的原因,还是照镜子的人的原因? 这些态度背后的本质是什么?

思辨读写

1. 诗人用托物喻理的方法,由"物理"联想到相关"事理",以小见大,揭示了一个具有普遍意义的哲理——真实就像一面镜子,照出的是灵魂的美丑。这是诗人敏锐的发现,而关键在于善于思考。生活中许多事物中都蕴含着丰富的哲理,你能否借用同样的方法,选取一个你感兴趣的事物,比如"阶梯",谈谈你的哲理性思考?

2. 这首诗带有明显的散文化倾向,且偏重说理,有人认为这首诗"理趣"有余,但"诗味"不足,你是否赞同这一看法?

光的赞歌

一

每个人的一生

不论聪明还是愚蠢

不论幸福还是不幸

只要他一离开母体

就睁着眼睛追求光明

世界要是没有光

等于人没有眼睛

航海的没有罗盘

打枪的没有准星

不知道路边有毒蛇

不知道前面有陷阱

十
开篇赞颂"光"对于每个人一生的重要作用。
十
再以假设"没有光",强调"光"的作用:人会迷失方向。

世界要是没有光

也就没有杨花飞絮的春天

也就没有百花争妍的夏天

也就没有金果满园的秋天

也就没有大雪纷飞的冬天

世界要是没有光

看不见奔腾不息的江河

看不见连绵千里的森林

看不见容易激动的大海

看不见像老人似的雪山

要是我们什么也看不见

我们对世界还有什么留念

二

只是因为有了光

我们的大千世界

才显得绚丽多彩

人间也显得可爱

光给我们以智慧

＋
假设"没有光"，四季
会消失。

＋
假设"没有光"，山河
会不见。

＋
在前一章的基础上讴
歌光。

＋
富有节奏和画面感的
诗句，表达出对光明
的炽热情感。

光给我们以想象

光给我们以热情

创造出不朽的形象

那些殿堂多么雄伟

里面更是金碧辉煌

那些感人肺腑的诗篇

谁读了能不热泪盈眶

那些最高明的雕刻家

使冰冷的大理石有了体温

那些最出色的画家

描出色授魂与的眼睛

比风更轻的舞蹈

珍珠般圆润的歌声

火的热情、水晶的坚贞

艺术离开光就没有生命

山野的篝火是美的

港湾的灯塔是美的

夏夜的繁星是美的

庆祝胜利的焰火是美的

一切的美都和光在一起

十

"光"带来一切，带来一切"美"。讴歌至极致。

三

这是多么奇妙的物质

没有重量而色如黄金

它可望而不可即

漫游世界而无体形

具有睿智而谦卑

它与美相依为命

十

诗人还不尽兴，继续高歌，境界不断开阔。

诞生于撞击和磨擦

来源于燃烧和消亡的过程

来源于火、来源于电

来源于永远燃烧的太阳

太阳啊，我们最大的光源

它从亿万万里以外的高空

向我们居住的地方输送热量

使我们这里滋长了万物

万物都对它表示景仰

因为它是永不消失的光

十

诗人找到了"最大的光源"——太阳，这是他诗歌中不断歌咏的对象。建议把诗人各首诗中所写的"太阳"诗联系起来读。

真是不可捉摸的物质——

不是固体、不是液体、不是气体

来无踪、去无影、浩渺无边

从不喧嚣、随遇而安

有力量而不剑拔弩张

它是无声的威严

它是伟大的存在

它因富足而能慷慨

胸怀坦荡、性格开朗

只知放射、不求报偿

大公无私、照耀四方

四

＋
笔锋一转，指出"有
人"对"光"的负面情
感。

但是有人害怕光

有人对光满怀仇恨

因为光所发出的针芒

刺痛了他们自私的眼睛

历史上的所有暴君

各个朝代的奸臣

一切贪婪无厌的人

＋
明示"有人"的具体身
份，与"要是没有光"相
对应，你会发现诗人对
荒唐社会的批判。

为了偷窃财富、垄断财富

千方百计想把光监禁

因为光能使人觉醒

凡是压迫人的人

都希望别人无能

无能到了不敢吭声

让他们把自己当做神明

凡是剥削人的人

都希望别人愚蠢

愚蠢到了不会计算

一加一等于几也闹不清

他们要的是奴隶

是会说话的工具

他们只要驯服的牲口

他们害怕有意志的人

他们想把火扑灭

在无边的黑暗里

在岩石所砌的城堡里

永远维持血腥的统治

＋
读到此处,是否会联想到臧克家的名诗《有的人》?

十

"他们"是诗人唾弃、诅咒的对象,是人民的公敌。

他们占有权力的宝座

一手是勋章、一手是皮鞭

一边是金钱、一边是锁链

进行着可耻的政治交易

完了就举行妖魔的舞会

和血淋淋的人肉的欢宴

回顾人类的历史

曾经有多少年代

沉浸在苦难的深渊

黑暗凝固得像花岗岩

然而人间也有多少勇士

用头颅去撞开地狱的铁门

十

"勇士"反抗黑暗,追求光明。

光荣属于奋不顾身的人

光荣属于前赴后继的人

暴风雨中的雷声特别响

乌云深处的闪电特别亮

只有通过漫长的黑夜

才能喷涌出火红的太阳

五

愚昧就是黑暗

智慧就是光明

人类从愚昧中过来

那最先去盗取火的人

是最早出现的英雄

他不怕守火的鹫鹰

要啄掉他的眼睛

他也不怕天帝的愤怒

和轰击他的雷霆

于是光不再被垄断

从此光流传到人间

我们告别了刀耕火种

蒸汽机带来了工业革命

从核物理诞生了原子弹

如今像放鸽子似的

放出了地球卫星……

光把我们带进了一个

　　光怪陆离的世界：

X 光, 照见了动物的内脏

+

由自然之光延伸出智慧之光、理想之光。

+

联想到普罗米修斯。

+

联想到科技发明与创新技术。

激光,刺穿优质钢板

光学望远镜,追踪星际物质

电子计算机

　　　把我们推向了二十一世纪

十

联想到思想和智慧。

然而,比一切都更宝贵的

是我们自己的锐利的目光

是我们先哲的智慧的光

这种光洞察一切、预见一切

可以透过肉体的躯壳

看见人的灵魂

看见一切事物的底蕴

一切事物内在的规律

一切运动中的变化

一切变化中的运动

一切的成长和消亡

就连静静的喜马拉雅山

也在缓慢地继续上升

认识没有地平线

地平线只能存在于停止前进的地方

而认识却永无止境

人类在追踪客观世界中

留下了自己的脚印

实践是认识的阶梯

科学沿着实践前进

在前进的道路上

要砸开一层层的封锁

要挣断一条条的铁链

真理只能从实践中得以永生

六

光从不可估量的高空

俯视着人类历史的长河

我们从周口店到天安门

像滚滚的波涛在翻腾

不知穿过了多少的险滩和暗礁

我们乘坐的是永不沉没的船

从天际投下的光始终照引着我们⋯⋯

我们从千万次的蒙蔽中觉醒

我们从千万种的愚弄中学得了聪明

统一中有矛盾、前进中有逆转

十
因为有思想和智慧，
所以站得高、看得远。

十
生发出思辨性的理性
思考。

运动中有阻力、革命中有背叛

甚至光中也有暗

甚至暗中也有光

不少丑恶与无耻

隐藏在光的下面

毒蛇、老鼠、臭虫、蝎子

和许多种类的粉蝶——

她们都是孵化害虫的母亲

我们生活着随时都要警惕

看不见的敌人在窥伺着我们

然而我们的信念

像光一样坚强——

经过了多少浩劫之后

穿过了漫长的黑夜

人类的前途无限光明、永远光明

七

十
生发出思辨性的生命
思考。

每一个人都是一个生命

人世银河星云中的一粒微尘

每一粒微尘都有自己的能量

无数的微尘汇集成一片光明

每一个人既是独立的

而又互相照耀

在互相照耀中不停地运转

和地球一同在太空中运转

我们在运转中燃烧

我们的生命就是燃烧

我们在自己的时代

应该像节日的焰火

带着欢呼射向高空

然后迸发出璀璨的光

即使我们是一支蜡烛

也应该"蜡炬成灰泪始干"

即使我们只是一根火柴

也要在关键时刻有一次闪耀

即使我们死后尸骨都腐烂了

也要变成磷火在荒野中燃烧

+
生发出思辨性的价值
思考。

八

作为一个微不足道的人

天文学数字中的一粒微尘

即使生命像露水一样短暂

+
指出人的生命的价值
与意义。表达抗争的
意愿与追求。

即使是恒河岸边的一粒细沙

也能反映出比本身更大的光

我也曾经用嘶哑的喉咙歌唱

在不自由的岁月里我歌唱自由

我是被压迫的民族，我歌唱解放

在这个茫茫的世界上

为被凌辱的人们歌唱

为受欺压的人们歌唱

我歌唱抗争，歌唱革命

在黑夜把希望寄托给黎明

在胜利的欢欣中歌唱太阳

我是大火中的一点火星

趁生命之火没有熄灭

我投入火的队伍、光的队伍

把"一"和"无数"融合在一起

十
追求"光"，就是"为真理而斗争"。

为真理而斗争

和在斗争中前进的人民一同前进

我永远歌颂光明

光明是属于人民的

未来是属于人民的

任何财富都是人民的

和光在一起前进

和光在一起胜利

胜利是属于人民的

和人民在一起所向无敌

九

我们的祖先是光荣的

他们为我们开辟了道路

沿途留下了深深的足迹

每一足迹里都有血迹

+
光荣的历史。

现在我们正开始新的长征

这个长征不只是二万五千里的路程

我们要逾越的也不只是十万大山

我们要攀登的也不只是千里岷山

我们要夺取的也不只是金沙江、大渡河

我们要抢渡的是更多更险的渡口

我们在攀登中将要遇到

　　更大的风雪、更多的冰川……

+
光辉的未来。

但是光在召唤我们前进

光在鼓舞我们、激励我们

光给我们送来了新时代的黎明

+
光还会发挥巨大作
用。

我们的人民从四面八方高歌猛进

让信心和勇敢伴随着我们

武装我们的是最美好的理想

我们是和最先进的阶级在一起

我们的心胸燃烧着希望

我们前进的道路铺满阳光

让我们的每个日子

　　都像飞轮似的旋转起来

让我们的生命发出最大的能量

让我们像从地核里释放出来似的

　　　　极大地撑开光的翅膀

　　　　在无限广阔的宇宙中飞翔

让我们以最高的速度飞翔吧

让我们以大无畏的精神飞翔吧

让我们从今天出发飞向明天

让我们把每个日子都当做新的起点

或许有一天,总有一天

我们这个古老的民族

我们最勇敢的阶级

将接受光的邀请

去叩开千万重紧闭的大门

访问我们所有的芳邻

让我们从地球出发

飞向太阳……

一九七八年八月—十二月

＋
发出美好的呼唤,表达美好的愿望。

思辨读写

1. 朗读不同风格的诗歌会有不同感受,比如"明快""优美""崇高"等,读过这首诗,它给你带来了哪种或哪些鲜明感受?请结合这首诗歌的具体章节,谈一谈你对这种感受的理解。

2. 诗人热情讴歌的"光",很多人有不同解读,有人认为它指的是"真理",有人认为它应指"光明",还有的人认为它指的是"科学与民主",等等。所以,有人认为"光的意蕴"是可以不断变化的,它的象征意义也是没有穷尽的,这完全取决于读者个人的理解。对此你怎么看?请结合这首诗的内容,谈谈你的看法。

盆　景

十

"遗物""矿物",都不是生物、活物。与下一节"不幸的产物"形成对应。

好像都是古代的遗物

这儿的植物成了矿物

主干是青铜,枝桠是铁丝

连叶子也是铜绿的颜色

在古色古香的庭院

冬不受寒,夏不受热

用紫檀和红木的架子

更显示它们地位的突出

其实它们都是不幸的产物

十

一针见血地指出这些看似高贵的盆景真正的不幸。

早已失去了自己的本色

在各式各样的花盆里

受尽了压制和委屈

生长的每个过程

十

这是盆景失去生机、被扭曲的真相。

都有铁丝的缠绕和刀剪的折磨

任人摆布,不能自由伸展

一部分发育,一部分萎缩

以不平衡为标准

残缺不全的典型

像一个个佝偻的老人

夸耀的就是怪相畸形

有的挺出了腹部

有的露出了块根

留下几条弯曲的细枝

芝麻大的叶子表示还有青春

像一群饱经战火的伤兵

支撑着一个个残废的生命

但是,所有的花木

都要有自己的天地

根须吸收土壤的营养

枝叶承受雨露和阳光

自由伸展发育正常

在天空下心情舒畅

接受大自然的爱抚

散发出各自的芬芳

如今却一切都颠倒

少的变老、老的变小

为了满足人的好奇

+
"残废"仅仅指的是这些盆景的躯体吗?
+
此处转折,将花木的"实态"和"原态"形成了强烈的对照,引人深思,这些花木悲剧的制造者是谁?

+
揭示了悲剧产生的根源。

标榜养花人的技巧

柔可绕指而加以歪曲

草木无言而横加斧刀

或许这也是一种艺术

却写尽了对自由的讥嘲

　　一九七九年二月二十三日　广州参观盆景展览

＋

表面看是在写盆景，实则是在写扭曲的社会现象，在写特定年代对人性、生命的扭曲。

思辨读写

1. 在诗歌主体部分，诗人用了大量笔墨描绘了盆景的样态，在常人眼中，这些样态应是属于好的盆景的样态，但为何"美"的事物，诗人看到的却是"丑"？

2. 诗人在诗中鞭挞了对戕害生命自由的行为。有的同学则不以为然，他认为自由是相对的，就像花盆之于花木，剪刀、铁丝之于枝条，也有成功造就盆景价值的另一面，不应该全部否定花盆、剪刀和铁丝的价值。对此，你怎么看？

"神秘果"

——给 G.Y.

这真是天下奇谈：

"吃了神秘果，

再吃黄连也不苦；

吃了神秘果，

再吃什么都是甜的。"

＋

"神秘"让人好奇，"苦"变"甜"更激起疑问。

莫非它比黄连更苦？

莫非它比蜂蜜更甜？

莫非它能消灭味觉？

莫非它使我们麻木不仁？

＋

四个问句的连续追问，"神秘果"的真相已然明了，那就是自我麻痹和欺骗，以致到了"麻木不仁"的地步。

吃了苦的，

才知道有甜的；

吃了甜的，

才知道有苦的；

要是我们不知甜、酸、苦、辣，

＋

酸、甜、苦、辣，平实的语言，道出生活的滋味。

活着还有什么滋味？

十
再以平实的语言，道
出了生活的真谛。

只有尝尽了悲欢离合，

才知道什么是幸福。

一九七九年三月三日　海南岛

思辨读写

1. 这是诗人写给妻子的一首诗。诗人借神秘果的"奇"，
   表达的是对"幸福"的理解吗？如果不是，你认为诗人
   真正要表达的是什么？

2. 有人说生活就是活着，有人说生活就是奋斗，有人说生
   活就是享受……那么，你对生活的认识是怎样的？写
   一段话，阐释你的观点。

希　望

梦的朋友
幻想的姊妹

原是自己的影子
却老走在你前面

像光一样无形
像风一样不安定

她和你之间
始终有距离

像窗外的飞鸟
像天上的流云

像河边的蝴蝶
既狡猾而美丽

将希望与"梦""幻想"对举,以虚比虚,突出希望的虚妄。

与自己的影子对举,以实比虚,表现希望的如影随形。

以"光""风"比希望,以虚比虚,表现希望的捉摸不定。

以"飞鸟""流云"比希望,以实比虚,表现希望的易逝与变幻莫测。

以"蝴蝶"比希望,以实比虚,表现希望的美丽与难得。

你上去,她就飞

你不理她,她撵你

她永远陪伴你

一直到你终止呼吸

思辨读写

1. 鲁迅先生说:"绝望之于虚妄,正与希望相同。"他在否定绝望的同时,也否定了希望,认为它们一样,都是虚妄的存在。而艾青用大量平易、具体的意象铺排,向我们揭示了希望的特点。从这首诗对待希望的态度来看,艾青与鲁迅相比,有什么异同?

2. 有人说有希望才有未来,也有人说希望越大失望越大,你怎么看待自己生活中的各种希望?

古罗马的大斗技场

也许你曾经看见过

这样的场面——

在一个圆的小瓦罐里

两只蟋蟀在相斗，

双方都鼓动着翅膀

发出一阵阵金属的声响，

张牙舞爪扑向对方

又是扭打、又是冲撞，

经过了持久的较量，

总是有一只更强的

撕断另一只的腿

咬破肚子——直到死亡。

古罗马的大斗技场

也就是这个模样，

大家都可以想象

那一幅壮烈的风光。

＋
诗歌标题是古罗马的大斗技场，为何开篇写斗蟋蟀？

＋
想一想，古罗马的大斗技场和蟋蟀相斗的瓦罐有怎样的相似之处？

＋
风光，意为风景、景色，用在此处有什么特殊意味？

古罗马是有名的"七山之城"

在帕拉丁山的东面

在锡利山的北面

在埃斯揆林山的南面

那一片盆地的中间

有一座——可能是

全世界最大的斗技场，

它像圆形的古城堡

远远看去是四层的楼房，

每层都有几十个高大的门窗

里面的圆周是石砌的看台

可以容纳十多万人来观赏。

想当年举行斗技的日子

也许是一个喜庆的日子

这儿比赶庙会还要热闹

古罗马的人穿上节日的盛装

从四面八方都朝向这儿

真是人山人海——全城欢腾

好像庆祝在亚洲和非洲打了胜仗

其实只是来看一场残酷的悲剧

从别人的痛苦激起自己的欢畅。

号声一响

死神上场

当角斗士的都是奴隶

挑选的一个个身强力壮，

他们都是战败国的俘虏

早已妻离子散、家破人亡，

如今被押送到斗技场上

等于执行用不着宣布的死刑

面临着任人宰割的结局

像畜棚里的牲口一样；

相搏斗的彼此无冤无仇

却安排了同一的命运，

都要用无辜的手

去杀死无辜的人；

明知自己必然要死

却把希望寄托在刀尖上；

＋
这是人类的悲剧。

有时也要和猛兽搏斗

猛兽——不论吃饱了的

还是饥饿的都是可怕的——

它所渴求的是温热的鲜血，

奴隶到这里即使有勇气

＋
字里行间隐含着诗人
对身为奴隶的角斗士
怎样的情感态度？

260

也只能是来源于绝望，

因为这儿所需要的不是智慧

而是必须压倒对方的力量；

看那些"打手"多么神气！

他们是角斗场雇用的工役

一个个长的牛头马面

手拿铁棍和皮鞭

（起先还戴着面具

后来连面具也不要了）

他们驱赶着角斗士去厮杀

进行着死亡前的挣扎；

最可怜的是那些蒙面的角斗士

（不知道是哪个游手好闲的

想出如此残忍的坏点子！）

参加角斗的互相看不见

双方都乱挥着短剑寻找敌人

无论进攻和防御都是盲目的——

盲目的死亡、盲目的胜利。

十
参观中，诗人完成了
一次想象中的残酷斗
技。

一场角斗结束了

那些"打手"进场

用长钩子钩曳出尸体

和那些血淋淋的肉块

把被戮将死的曳到一旁

拿走武器和其他的什物，

奄奄一息的就把他杀死；

然后用水冲刷污血

使它不留一点痕迹——

这些"打手"受命于人

不直接去杀人

却比刽子手更阴沉。

再看那一层层的看台上

多少万人都在欢欣若狂

那儿是等级森严、层次分明

按照权力大小坐在不同的位置上，

王家贵族一个个悠闲自得

旁边都有陪臣在阿谀奉承；

那些宫妃打扮得花枝招展

与其说她们是来看角斗

不如说到这儿展览自己的青春

好像是天上的星斗光照人间；

有"赫赫战功"的，生活在

奴隶用双手建造的宫殿里

奸淫战败国的妇女；

＋

诗人运用想象重回历史现场，用两节内容再现了"打手"形象。

＋

展现残酷背后的那些人，那些悲剧制造者。

他们的餐具都沾着血

他们赞赏血腥的气味；

能看人和兽搏斗的

多少都具有兽性——

从流血的游戏中得到快感

从死亡的挣扎中引起笑声，

别人越痛苦，他们越高兴；

（你没有听见那笑声吗？）

最可恨的是那些

用别人的灾难进行投机

从血泊中捞取利润的人，

他们的财富和罪恶一同增长；

十

对比，悲剧色彩更加
强烈。

斗技场的奴隶越紧张

看台上的人群越兴奋；

厮杀的叫喊越响

越能爆发狂暴的笑声；

看台上是金银首饰在闪光

斗场上是刀叉匕首在闪光；

两者之间相距并不远

却有一堵不能逾越的墙。

这就是古罗马的斗技场

它延续了多少个世纪

十

仍然是借助想象，诗
人再现了看台上的人
群，想象的场景、画面
细节中，无不蕴含着
诗人对他们的嘲讽和
愤恨。

谁知道有多少奴隶

在这个圆池里丧生。

神呀，宙斯呀，丘比特呀，耶和华呀

一切所谓"万能的主"呀，都在哪里？

为什么对人间的不幸无动于衷？

风呀，雨呀，雷霆呀，

为什么对罪恶能宽容？

奴隶依然是奴隶

谁在主宰着人间？

谁是这场游戏的主谋？

时间越久，看得越清：

经营斗技场的都是奴隶主

不论是老泰尔克维尼乌斯

还是苏拉、凯撒、奥大维……

都是奴隶主中的奴隶主——

嗜血的猛兽、残暴的君王！

"不要做奴隶！

要做自由人！"

一人号召

万人响应

为了改变自己的命运

+

三处质问，表达了诗人对不公命运的强烈愤慨！

+

这些人才是悲剧的制造者！

+

反抗、斗争爆发了。

就要捣毁万恶的斗技场；

把那些拿别人生命作赌注的人

　钉死在耻辱柱上！

奴隶的领袖

只有从奴隶中产生；

共同的命运

产生共同的思想；

共同的意志

汇成伟大的力量。

一次又一次地举起义旗

斗争的才能因失败而增长

愤怒的队伍像地中海的巨浪

淹没了宫殿，掀翻了凯旋门

冲垮了斗技场，浩浩荡荡

觉醒了的人们誓用鲜血灌溉大地

建造起一个自由劳动的天堂！

如今，古罗马的大斗技场

已成了历史的遗物，像战后的废墟

沉浸在落日的余晖里，像碉堡

不得不引起我疑问和沉思：

它究竟是光荣的纪念，

还是耻辱的标志？

十

诗人笔锋一转，对奴隶的反抗给予了热情的赞颂和讴歌。

十

回到现实，引出一系列思考。

它是夸耀古罗马的豪华，

还是记录野蛮的统治？

它是为了博得廉价的同情，

还是谋求遥远的叹息？

时间太久了

连大理石也要哭泣；

时间太久了

连凯旋门也要低头；

奴隶社会最残忍的一幕已经过去

不义的杀戮已消失在历史的烟雾里

但它却在人类的良心上留下可耻的记忆

而且向我们披示一条真理：

血债迟早都要用血来偿还；

以别人的生命作为赌注的

就不可能得到光彩的下场。

说起来多少有些荒唐——

在当今的世界上

依然有人保留了奴隶主的思想，

他们把全人类都看作奴役的对象

整个地球是一个最大的斗技场。

一九七九年七月　北京

+

感叹"时间太久了"，
言下之意是什么呢？

+

令人警醒，发人深思，
从遥远的国度、遥远
的历史，激发人们面
对现实。

思辨读写

1. 这是一首咏史长诗,诗人通过想象重回历史现场,把自己的情绪都展现在对历史细节的想象、再现和追述里。诗人笔下的历史细节并不是史实,因此有人认为诗人这种对历史随意生发的做法是不恰当的。你的观点是怎样的?

2. 诗人借史咏怀,褒善贬恶。有人说这首诗里艾青持鲜明的人民立场,反对一切奴役和压迫;有人说艾青是站在全人类的角度,是人类立场;也有人说艾青不过是借古罗马大斗技场的历史来隐喻自己类似的历史遭遇罢了,等等。根据你对这首诗的整体理解作出你的判断,并说明理由。

失去的岁月

不像丢失的包袱
可以到失物招领处找得回来,
失去的岁月
甚至不知丢失在什么地方——

+
"丢弃"是主动的,"丢失"是被动的,无意识的。请注意开篇所用的"丢失"和"失去"。

有的是零零星星地消失的，

有的丢失了十年二十年，

有的丢失在喧闹的城市，

有的丢失在遥远的荒原，

有的是人潮汹涌的车站，

有的是冷冷清清的小油灯下面；

丢失了的不像是纸片，可以捡起来，

倒更像一碗水泼到地面

被晒干了，看不到一点影子；

时间是流动的液体——

用筛子，用网，都打捞不起；

时间不可能变成固体，

要成了化石就好了，

即使几万年也能在岩层里找见。

时间也像是气体，

像急驰的列车头上冒出的烟！

失去了的岁月好像一个朋友，

断掉了联系，经受了一些苦难，

忽然得到了消息：说他

早已离开了人间

> 一九七九年八月二十二日　哈尔滨

+

一连串的"有的"，呈现出荒唐岁月里各种各样的"失去"。地点亦非诗人主动的选择，所以时而城市，时而荒原、车站，以致岁月"不知丢失在什么地方"。

+

所有丢失的岁月"看不到一点影子"，多么悲哀。

+

一碗泼到地面的水、气体、断了联系的朋友，这些喻体将抽象的时间表现得具体化了。

思辨读写

1. 缅怀过去的情感是人类共通的,不同在于人们缅怀的原因各异。我们阅读这首诗,除了要捕捉诗人对时间流逝的一般感受,更重要的是要挖掘出独属于艾青的感受。请你结合诗中的具体意象,谈谈你的理解。

2. 有人说要走好人生每一步,否则一步错步步错,面对"逝去的岁月"会后悔;也有人说人生没有白走的路,什么都需要尝试,走错的路也有价值,无需感叹"丢失",抱怨命运不公……对此你怎么看?

关于眼睛(两首)

+
"窗子"与"镜子"有何不同?

你说眼睛是灵魂的窗子
我说眼睛是灵魂的镜子

+
"最美"与"最可怕"是怎么对立起来的?

你说世界上最美的是眼睛
我说最可怕的也是眼睛

+
这是怎样的"一双眼睛"?

有那么一双眼睛

在没有灯光的夜晚

你和她挨得那么近

突然向你闪光

又突然熄灭了

你一直都记着那一瞬

有那么一双眼睛

深得像一口古井

四周有水草丛生

你只向井里看了一眼

经过多少年

你还记得那古井

+

这又是怎样的"一双眼睛"？

有那么一双眼睛

又大又澄碧

蓝天一样纯洁

月光一样宁静

你没有勇气看它

因为你不敢承担

它对你的信任

+

这又是怎样的"一双眼睛"？

+

凝视这三双眼睛，你认为它们分别代表哪三种人？什么样的人才会有这样值得"信任"的眼睛？

又 一 章

灵魂的窗子

秘密的锁孔

从它那儿

可以窥探内心

十

各种各样的"眼睛",
是各种各样的人,各
种各样的感情。

说谎的眼睛

渴望的眼睛

哀求的眼睛

宽恕的眼睛

爱情的眼睛

梦似的飘忽不定

有时诉说衷情

有时夹着怨恨

欣喜若狂

无限悲伤

都通过眼睛

十

为什么会有"仇恨"?

仇恨在胸中燃烧

眼睛里冒出火星

面对茫茫大海

热切的期待归帆

＋
为什么会有"期待"？

忍受着熬煎的

是望穿秋水的眼睛

最宁静的时刻

一片落叶

睫毛——窗帘的震动

一次心跳

＋
什么情况下才会"心
跳"？

你从绝望中

滴下泪水

洗涤你的心

沉浸于安静

＋
最令你心动的是哪一
双眼睛？为什么？

生命的黄昏来临

然后你把窗户闭紧

＋
富有哲理的诗，你读
懂了吗？

一九七九年九月四日早晨

思辨读写

1. 这两首诗中,诗人的情感基调有何不同? 请结合教材"名著导读"介绍的方法,作简要分析。

2. 俗话说眼睛是心灵的窗口,眼睛可以让我们看清事物的本质,也可以让我们迷失在其中,你认为眼睛为何会让我们迷失,怎样看才能不迷失?

无 题

十
一组组对应的物品,都是关系密切,不可分离。

秤和砣不可分离
轮和轴必须相连
舵加桨扬帆千里
天和地人在中间

十
反思十年动乱带来的巨大破坏。

没有法制的民主
打砸抢司空见惯
没有民主的法制
老子一个说了算

有法制也要民主

为防止封建特权

有民主也要法制

安定团结向前看

一九七九年十二月二十四日　北京

＋
指出法制和民主之间
同样是关系密切,不
可分离。

思辨读写

1. 请查一查"法制"和"法治"两个词语的含义,结合《道德与法治》课上所学,说一说这首诗中的"法制"是否误用。

2. 请结合全书思考:这首诗结尾"向前看"与诗人一生执着追求光明之间构成怎样的关系,并作简要分析。

挚爱与哀愁

——《艾青诗精选》梳理与思辨

张　豪

　　中国是诗的国度。回望 3 000 多年中国文学史，追溯中国文学的源头，诗歌必然令人瞩目。很多人认为《诗经》、楚辞是中国文学之源。学者刘士林在《中国诗学精神》一书中提出，"中国文化的本体是诗""中国文化是诗性文化""在漫长的中国历史中，我们民族的精神本体主要是以诗的方式来表达的"。诗歌，是我们语文学习的重要内容，更是认识、传承、发展我们民族文化的重要载体。

　　当我们徜徉在诗词曲赋、唐诗宋词元曲的世界里，吟咏诵记着无数历久不衰的经典诗篇时，也应关注只有百年历史的中国新诗。诞生于 20 世纪初的中国新诗，是数千年中国文学不断革新的产物。纵观中国诗史，由四言而五言，再到七言、长短句；由诗而辞赋，再到词曲；由诗经体、骚体而汉魏古诗、乐府，再到格律诗、杂体诗……中国诗歌的形式、内容、主题都在不断创新发展，铸就了泱泱中华辉煌的诗歌殿堂。中国新诗自诞生之日起，就在内容与形式上都与传统的诗词迥然不同。中国新诗诗人开始用白话，用不拘格律的自由体表达个性解放的思想感情。在"百年未有之大变局"的时代背景下，中国现代诗从一开始就充满了时代元素和家国情怀，肩负着启蒙、救亡、爱国等历史使命。回望百年中国新诗历史，学习现代诗，甚至尝试写作新诗，对学生都大有裨益。

《艾青诗选》是义务教育语文教材九年级上册"名著导读"中重点推介的书籍，也是初中生必读的整本书中唯一的诗集，教材中还有"如何读诗"专题探究的活动任务。《艾青诗选》版本众多，一般情况下，指的是1979年诗人自己编定，交人民文学出版社出版的《艾青诗选》，该书收录了艾青创作于20世纪30年代至70年代末的作品，包含有《大堰河——我的保姆》《雪落在中国的土地上》《火把》等诸多脍炙人口的经典作品。当时，艾青冤案平反，再次焕发创作青春，写作并发表了《鱼化石》等优秀作品，引发社会广泛关注并激起阅读热潮。《艾青诗选》出版后，很快便成为长销不衰的经典书籍。为了帮助学生更好地理解《艾青诗选》，也为激发学生带着问题读书，培养思辨阅读习惯，我们精选了艾青不同时期的代表作,汇成《艾青诗精选》,确立"挚爱与哀愁"母题,引导学生进行思辨探究。

歌德在《歌德谈话录》中有一个著名的评论:"一个伟大的诗人可以让诗歌中的灵魂变成民族的魂。"艾青正是这样一个伟大的诗人,他是中国新诗集大成者,被认为是中国现代诗 20 世纪的杰出代表。他的诗歌在中国新诗史上立起一座丰碑。1917 年 1 月,胡适发表《文学改良刍议》,标志着文学革命的真正开始。1918 年 1 月号的《新青年》上发表胡适、沈尹默、刘半农等人的白话诗 9 首,标志着中国新诗的诞生。伴随着争论,诗人们试新作、开流派,不断产生影响,不断激发创新。但是直到艾青出现,中国新诗才进入了新境界。学者孙郁评价说,"艾青的创作开启了诗歌的新天地"。智利诗人、诺贝尔文学奖获得者巴勃罗·聂鲁达曾说艾青是"中国诗坛泰斗"。艾青与智利聂鲁达、土耳其希特梅克一起,被并称为"二十世纪的三大人民诗人"。

艾青的一生怀揣"挚爱与哀愁",始终把自己与时代、人民和祖国联系在一起。阅读艾青的诗,要在走近诗人、了解诗人的基础上进行。

艾青的诗歌是伴随着时代而生的。艾青 1910 年 3 月出生于浙江金华一个地主家庭,因被算命先生推测有"克父克母"的"命相",生下后,被父母送往本村农妇"大叶荷"家寄养，直到 5 岁才回到家中。这使他自小就感染了农民的纯朴，产生了对穷苦人民的感情，也养成了叛逆的个性。1928 年艾青中学毕业后考入国立杭州西湖艺术院绘画系。1929 年赴法国勤工俭学，专攻绘画艺术，并开始写诗。期间，一方面在异国他乡过着半流浪式的生活，一方面广泛接触哲学、文学，接受了西方的现实主义、象征主义、未来主义等现代先锋派诗歌的洗礼，产生了强烈的共鸣。1932 年初诗人回国，在上海加入中国左翼美术家联盟，从事革命文艺工作，不久被捕。1933 年初，诗人在狱中创作了处女作《大堰河——我的保姆》，第一次用艾青的笔名发表，轰动诗坛，一举成名，奠定了他诗歌的基本艺术特征和他在现代文学史上的重要地位。1935 年艾青出狱。1936 年出版第一本诗集《大堰河》，引起广泛关注。1937 年全面抗战爆发后艾青长期处于漂泊不定的生活中，先后从杭州到武汉、临汾、衡阳、桂林、新宁、重庆，穿越中国大地，感受到广阔土地上人民遭受的苦难。1937年到 1941 年间奔波流离的亲身经历，使艾青写下了《太阳》《雪落在中国的土地上》《手推车》《向太阳》《我爱这土地》《北方》和《乞丐》等名作，这些作品倾诉了对祖国和人民的情感，产生了巨大的感召力和影响力，这一时期的中国新诗，被称为"艾青的时代"。著名学者钱理群评价说:"艾青的早期诗歌……显示了中国新诗经过 20 年发展必然出现的历史趋归。"

1941 年,艾青赴延安,任教于"鲁艺"文学系。此后,他的创作发生了较大变化,写出了多首歌颂根据地生活的诗歌,有《黎明的通知》等名篇。1945 年 10 月,他随华北文艺工作团到张家口,后任华北联合大学文学院副院长,创作了《人民的城》等篇章。1949 年他随军进北平,10 月 1 日,受邀参加了开国大典。此后,艾青的创作基本沿袭了延安时期的风格,写出了歌颂新时代的作品,也创作了《礁石》这样具有哲理意味的诗歌。后艾青出访外国,还创作了一些国际题材的诗作,如《维也纳》《在智利的海岬上——给巴勃罗·聂鲁达》等。

1957 年诗人被错划为"右派"分子。其后两年,先后到黑龙江农垦农场和新疆石河子垦区劳动,随后蛰居新疆 16 年,诗歌创作被迫中断 20 余年。

1979 年,诗人得到平反,重又执笔,创作进入另一个高潮,发表了《鱼化石》《光的赞歌》《古罗马的大斗技场》等富有时代感的作品,其中很多作品反思社会和自我,表达出对光明与希望的不息追求。作品被译为多种外文,拥有广泛的国际声誉,1985 年获法国艺术最高勋章。1996 年 5 月,诗人在北京辞世。

著名诗人、评论家王家新评价说，"艾青的一生是诗人的一生""他的出现意味着中国新诗进入了一个新的发展阶段"。艾青的诗歌充满了对祖国、土地、人民和生活的热爱，因为这份挚爱，他的诗歌又把浓郁的哀愁视作向上的力量，充满了对光明的追求和对黑暗的诅咒，向世界播撒理想和希望。这正是诗人所表达的"为什么我的眼里常含泪水，因为我对这土地爱得深沉"。

艾青以其作品承载"挚爱与哀愁"，始终表现出自己作为歌者的使命。阅读艾青的诗，要在对传统与创新的思辨中，深入字里行间，感受诗人澎湃的激情。

美籍华裔汉学家陈世骧率先提出的"抒情传统"论，认为"中国的文学传统从整体而言是一个抒情传统，有别于西方的史诗和戏剧传统"。"抒情"的观念在中国文学史，可谓源远流长。艾青的诗歌，既是对中国文学抒情传统的继承，又是在新时代的发扬。艾青被称为"太阳与火把"的歌手，"吹芦笛的诗人"，阅读艾青的诗歌，立刻会被诗人表现出来的强烈感情所吸引打动。早期的作品中，艾青以深沉、激越、奔放的笔触诅咒黑暗，讴歌光明；1949年后，他仍然一如既往地歌颂人民，歌颂光明。晚年的"归来"之歌，内容更广泛，思想更浑厚，情感更深沉，手法更多样,艺术也更圆融。

我们在阅读时很容易发现,艾青的作品喜爱描写太阳、火把、黎明、星辰等有象征性的事物,表现出艾青对光明、希望的向往与追求。其中,诗人对太阳"情有独钟",不仅多首诗写到太阳,而且还自比太阳,这种坚持,是始终不渝的挚爱。在阅读中,我们若能将一些相关作品,比如与"太阳"有关的《太阳》《向太阳》《太阳的话》《给太阳》《光的赞歌》联系起来,发现诗人在各个时期诗歌风格的变化,那就很有收获。而另一方面,艾青的作品又多有土地、旷野、山川、农夫、士兵、孩子等具体可感的形象,表现出诗人对国家、民族的关切和热爱。诗人从这种对祖国、人民的热爱出发,表现出深沉的悲悯、浓厚的哀愁,呈现出最真切的诗情。而这样的诗情又与诗人对诗歌创新的不断追求紧密相关,若能开展专题探究,也会有不一般的收获。比如将叙事诗《吹号者》《他死在第二次》《火把》《雪里钻》等联系起来,结合艾青《谈叙事诗》所说,"纯粹的叙事诗,也不是押韵的故事,押韵的小说。主要还是诗的要素在起作用。所谓诗的成分就是抒情的成分……叙事诗应该是叙事加浓厚的抒情。……一首好的叙事诗,应该是叙事和抒情结合的恰到好处",发现叙事诗和故事、小说的不同,也是很好的深度阅读。

总的来看，艾青的诗中充盈着对祖国、人民的热爱，充盈着对光明、希望的追求，也充盈着对苦痛、灾难的悲悯，充盈着对人生、社会的哲思。其中多表现出对灾难深重的国家命运的担忧和对苦难人民的同情。

当然，阅读还要用思辨的眼光去发现。

我们在阅读中会发现，艾青的诗歌成就和影响力主要集中在20世纪30至40年代，在国家面临生死存亡、民族遭受深重苦难之际，艾青的诗唤起了时代的共鸣，激发了民族的希望，具有"大地哀歌"的宏阔气象。当然不必讳言，诗人中后期的一些创作在艺术上远不及早期的作品，有些作品也不可避免地出现过于直露、单调、空泛、松散的缺陷。在阅读过程中，我们若是能在比较中发现中国新诗在早期探索中的创作局限，感受到诗人带有时代烙印的不足，对一些作品明显的朴素、率直、平易而意蕴不足有所了解和理解，也是非常有价值的。

我们还要着重感受诗人情感所依托的具体语言。比如我们阅读艾青的诗，会发现诗人特别喜欢并且善于运用色彩。这当然与诗人早年专攻绘画的经历有关，诗人的艺术生涯经历了由绘画到诗的转变。但深入阅读，我们还是可以发现，诗人吸收印象派绘画的运笔技法和色彩技法，将其转化为大量具有具体化意象的词句组接、语言整合,产生了奇妙的表达效果。艾青在他的《诗论》里提出:"一首诗里面,没有新鲜,没有色调,没有光彩,没有形象——艺术的生命在哪里呢?"因此,不管是描绘大地图景、人物形象,还是抒写心情、表达内心,他都能找到各种各样的色彩进行搭配,假如我们阅读时关注到这一点,一定就会有更丰富的感受,并对诗人"绘画应该是彩色的诗,诗应该是文字的绘画"的论断有更深切的认识。

再比如关于艾青诗歌"散文化"的特征,我们不能因为有些诗作明白晓畅,就简单地认为诗是分行的白话和散文,简单地把诗当作是分行的长短句。而应当用诗歌的标准去读,发现诗人怎样用语调、句法、节奏、韵律去表达感情,怎样用凝练的语言、丰富的形象去抒发感情。正如艾青所说:"我们要求诗的语言比散文的语言更纯粹,更集中,因而概括力更高,表现力更强,更能感动人。"

以《我爱这土地》为例,这首诗已成为广为传诵的经典,那句"为什么我的眼里常含泪水?因为我对这土地爱得深沉……"深深印入一代代中国人的心中。但其中并没有复杂的意象和深奥的语句,我们怎么才能更好地发现其中蕴含的"奥秘"呢?

从诗歌的表面看,这首诗写于1938年,抗战全

面爆发,国家处于危亡关头。诗人以"假如"领起,用
"嘶哑"形容鸟儿的歌喉,接着叙写出歌唱的内容,并
由生前的歌唱,转写鸟儿死后融入大地,最后以诗人
的自身形象直抒胸臆表达出了诗人那颗真挚、炽热
的爱国之心。但是我们可以一步步提出疑问:

第一问:为什么是"鸟"——这是传统的视角。
中国诗歌传统里,鸟作为情感寄托常常出现,比如鸳
鸯、青鸟、杜鹃、鹧鸪、莺与燕、凤凰和孔雀……这些
鸟的特征一般是飞翔、啼鸣、成群结队(成双成对),
由此而衍生的是自由、灵动、聚集、团结。但是,这一
切都被暴风雨打破:嘶哑的喉咙(不能鸣叫)、一只
(形单影只),甚至不能飞、"死了"。为什么诗人要这
样写?

第二问:如何理解这只"鸟"——这是思辨的视
角。土地、河流、风、黎明等意象组合,成为"鸟"的生
存环境,也是诗歌的底色,那么,"鸟"与大地是怎样
的关系?这里就会发现诗人运用了一连串的隐喻,
托物于事,由物及心。

第三问:是只什么"鸟"——这是创新的视角。
有学者认为诗人用了一个"不雅"的意象,甚至提出
这只"鸟"是乌鸦之类的不祥之鸟。但奇怪的是,诗
人宁可让鸟"嘶哑""腐烂",也不具体明示这是一只
什么鸟。显然,诗歌里鸟的外表、声音、色彩都隐遁

了,在河流、山川的大背景下,这被隐藏的形象扩大了诗歌的想象空间,带给人心灵无限的震撼。

通过这样连续深入发问的方式,我们才能发现诗歌的魅力,发现诗人这一抒情个体的"我",以极具个性的、独特的方式,对于民众所产生的集体的、情感的唤醒和共鸣作用。

正如艾青在《诗论》中说的那样:"艺术的语言,是饱含情绪的语言,是饱含思想的语言,是技巧的语言。诗的语言必须饱含思想和感情,语言里面也必须富有暗示性和启示性。"

我们在书中,以批注和思辨读写的方式,指出了一些值得注意的词句,引导大家去关注诗句、诗行间值得咀嚼的色彩、声音、形象等,并提出了一些值得思考的问题,设计了一些探究任务,希望能对大家的阅读有所助益。

图书在版编目（CIP）数据

整本书思辨阅读. 艾青诗精选 / 余党绪主编；张豪导读；艾青著. — 上海：上海教育出版社，2023.8
ISBN 978-7-5720-2251-7

Ⅰ.①整… Ⅱ.①余… ②张… ③艾… Ⅲ.①阅读课 – 中学 – 教学参考资料 Ⅳ.①G634.333

中国国家版本馆CIP数据核字(2023)第161758号

责任编辑　李声凤
封面设计　梁依宁

整本书思辨阅读：《艾青诗精选》
余党绪　主编　张　豪　导读　艾　青　著

出版发行　上海教育出版社有限公司
官　　网　www.seph.com.cn
地　　址　上海市闵行区号景路159弄C座
邮　　编　201101
印　　刷　上海商务联西印刷有限公司
开　　本　700×1000　1/16　印张 18.5
字　　数　211千字
版　　次　2023年8月第1版
印　　次　2023年8月第1次印刷
印　　数　1—10,020 册
书　　号　ISBN 978-7-5720-2251-7/I·0167
定　　价　48.00 元

如发现质量问题，读者可向本社调换　电话：021-64373213